Verlag:

BoD · Books on Demand GmbH,
In de Tarpen 42, 22848 Norderstedt,
bod@bod.de
Druck:
Libri Plureos GmbH, Friedensallee 273,
22763 Hamburg

ISBN: 978-3-7693-4949-8

Liebe Annett, danke für deine Liebe und
Unterstützung, auch bei diesem Buch.

Wolf

Opa Heiner,

seine Demenz,

und ich

Ein gemeinsames Tagebuch über

Nähe

Loslassen

Vergessen

**Damit von meinem Opa Heiner mehr bleibt,
als nur meine Erinnerung**

Inhaltsverzeichnis

Immer noch mein Opa, aber anders… 97

Vorwort

Dies sind die „Memoiren" eines besonderen, wichtigen Menschen, meines Großvaters. Es fällt mir schwer, seine alten Aufzeichnungen abzuhören und zu Papier zu bringen. Am Ende, wann auch immer das sein wird, hoffe ich, ein Bild von dem Mann gezeichnet zu haben, der mir in den letzten Monaten so unendlich viel bedeutet hat.

Wenn ich die Trauer bis zum Schluss aushalten kann, wird aus diesem Text, der gerade erst anfängt, ein kleines Buch geworden sein. Hoffe ich. Damit die, die meinen Opa kannten, sich an ihn erinnern können. Damit die, die meinen Opa nicht kannten, mitfühlen können, wie es ist, eine kurze Lebenszeit mit einem demenzkranken Menschen zu verbringen.

Ich kann jetzt schon verraten, es ist eine Schiffsfahrt voller Gefühle, ein Auf und Ab, und oft auch ein Schlingerkurs, der mich aus dem Gleichgewicht gebracht hat.

Opa ist jetzt fast zwei Jahre tot.

Er starb ans Bett gefesselt.

Nein! Das ist keine Metapher! So geht man heute mit alten Menschen um, die das gleiche wollen wie E.T., einfach nur „nach Hause…"

Ich zeige Ihnen ein Leben, einen Menschen, eine Krankheit, die mich bewegt hat. Bis ins tiefste Innere.

Viel Freude mit diesem Buch!

Eva Lena Sund

Wie alles begann

Es war irgendwann im Juli 2022, da habe ich
Opa besucht. Ich weiß
gar nicht einmal mehr,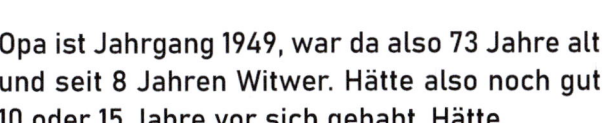
warum. Es war weder
Weihnachten noch war es
sein Geburtstag. Es war
„einfach so", auf dem Weg
zu meinem Reitstall.

Opa ist Jahrgang 1949, war da also 73 Jahre alt
und seit 8 Jahren Witwer. Hätte also noch gut
10 oder 15 Jahre vor sich gehabt. Hätte…

Ach so, ich muss vielleicht noch erwähnen,
dass meine Eltern lange schon keinen Kontakt
zu Opa hatten. Irgendetwas ist damals wohl
vorgefallen, von dem keiner spricht. Insgeheim
hatte ich gehofft, auf den Tonbändern einen
Hinweis auf das Unausgesprochene zu finden.
Hatte ich gehofft. Aber es kam ganz anders.

Und, das muss ich noch erwähnen, ich habe
mich bemüht, hier seine Worte so
originalgetreu wie möglich wiederzugeben.
Den Hamburger Dialekt habe ich begradigt,
Kraftausdrücke habe ich abgeändert, wenn sie

zu hart waren. Ist schade, aber auch wenn ich es in Hochdeutsch schreibe und lese, höre zumindest ich doch immer Opas Dialekt mitschwingen.

Und … Opa hat nicht gegendert. Als er aufwuchs „gab es nur Mann und Frau, und das ist gut so". So war es eben, und so habe ich es auch gelassen in diesem Buch.

Dies ist mein erstes Buch. Ich habe es mir etwas einfach gemacht, damit es überhaupt fertig wird.

Z.B. habe ich auf die „Gänsefüßchen" bei der wörtlichen Rede verzichtet.

Wenn Sie diesen Schrifttyp lesen, sind das meine Erklärungen zu einem Tagebucheintrag oder so.

Wenn Sie etwas in diesen Schrifttyp lesen, ist das Opas wörtliche Rede oder ein gesprochener Tagebucheintrag. (=fett gedruckt)

Wenn Sie etwas in diesen Schrifttyp lesen, ist das meine wörtliche Rede oder mein persönlicher Tagebucheintrag.

Ist doch ganz leicht, oder?

Mein Opa, wie ich ihn seit meiner Kindheit kannte

Das Diktiergerät
06. Juli 2022

An diesem Tag hatte Opa mir stolz das Diktiergerät präsentiert, das er in Oma Annelieses Schrank gefunden hatte. Es war ein modernes Gerät, digital. Oma Anneliese war ein „Technikfreak", trotz ihres Alters.

Opa wollte mir ein paar seiner alten Geschichten „hinterlassen" und fragte, wie man dieses komische Ding denn bedienen müsse.

Lange hatte es an dem Tag gedauert, Opa zu erklären, dass er nur auf die grüne Taste drücken muss, wenn er etwas erzählen wollte, und auf die rote Taste, wenn er fertig war. Das Gerät würde selbst einen Datumsstempel setzen und er könnte beim nächsten Mal, immer, wenn ihm etwas einfiel, einfach wieder auf Grün drücken und weitererzählen. Stundenlang, wenn er wollte.

„Und wenn ich mich versprochen habe, wie spule ich dann zurück?"

„Musst du nicht, rede einfach weiter."

„Wenn ich es aber will?"

„Das geht nicht!" War gelogen, aber zu schwierig zu erklären. Upps, hier fing wohl so langsam das Lügen an. Nur zu seinem Vorteil, weil er es nicht versteht, weil er das besser nicht wissen soll.

„Muss ich das mit der Hand zurückspulen?"

„Das geht nun wirklich nicht. Da ist gar keine Spule drin."

„Aber wie nimmt das denn auf?"

„Auf eine Speicherkarte. So ein kleines Ding, groß wie eine Briefmarke. Ein Datenträger, ähm..."

„Ich weiß schon, was eine Speicherkarte ist, bin ja nicht blöd!"

„Sollen wir das mal testen? Damit du nicht hinterher doch noch Fragen hast."

„Unfug, ich kann mit dem neumodischen Tügs umgehen. Deine Oma konnte das ja auch. Und im Notfall rufe ich dich einfach an. Ist deine Nummer da drin gespeichert?"

„Nein, Opa, das ist ja kein Handy!"

„Das sehe ich selbst!" Er wirkte eingeschnappt.

„Hast du Kuchen mitgebracht?" Achtlos warf er das Diktiergerät aufs Sofa und schaute mich erwartungsvoll an.

„Na klar, habe ich. Kirschkuchen, wie immer."

Opas Augen strahlten. Sie hatten aber einen feuchten Glanz, so, als wenn man weint oder zu viel Alkohol getrunken hat.

Wir gaben uns dem Kirschkuchen hin und ich schaffte es an diesem Nachmittag nicht mehr, ihn dazu zu bewegen, das Gerät auch nur einmal zu benutzen. Wenn Opa nicht wollte, dann wollte er eben nicht.

Am nächsten Tag begannen meine Sommerferien. Ich fuhr für zwei Wochen nach Frankreich und hatte in der Zeit auch gar nicht mehr an meinen Großvater gedacht. So häufig war unser Kontakt damals auch nicht gewesen. So das übliche, Geburtstag, Weihnachten und hin und wieder mal etwas Geld abholen.

Opa war zwar allein, aber autark. Er kümmerte sich um seinen kleinen Garten und fuhr regelmäßig mit dem Rad auf den Friedhof, um seine Frau „zu besuchen". Mit dem Auto fuhr er einkaufen. Immer nur bei ALLDI (den Namen habe ich etwas abgeändert, um hier keine Schleichwerbung zu machen).

Als ich etwa zwei Wochen später wieder bei ihm aufschlug, war das, weil ich neugierig war, wie er mit dem Diktiergerät klargekommen war.

Ich unternahm den üblichen Kirschkuchenbesuch und wechselte die Speicherkarte aus. Opa sah irgendwie verändert aus. Aber ich wusste nicht genau, wie.

Einen Tag später, oder zwei, hörte ich die Speicherkarte ab.

Aller Anfang ist schwer
8.Juli 2022

Natürlich! Geht nicht! Frauen und Technik, das passt ja auch nicht zusammen!

Blödsinn!

...

Hallo! Hallo? Siri oder so? Bist du da? Ist das Ding jetzt an oder nicht?

Mist!

...

Hallo Eva Lena, Kleines? Kannst du mich hören? Ruf doch mal zurück. Das Ding geht nicht. Eva? Wenn du mich hörst? Hallo! Eva?

Ach, Schitt!

Also doch die grüne Taste! Ich bin sicher, sie hat ROT gesagt. Ich probier's jetzt nochmal. Guten Tag! Mein Name ist Heinrich Sundermann! Also nur, wenn mich jemand hört. Und, dass das nicht ins Radio kommt, oder so. Oder gar ins Fernsehen! Ach ne, der ist ja aus!

Also, Eva Lena, meine Enkelin, will, dass ich hier was reinsage. Damit sie das dann auch immer hören kann. Dies ist nämlich KEIN Handy! Den Unterschied kenne ich wohl!

Eva Lena, kannst du mich hören? Ist das richtig so? Oder muss ich lauter sprechen? Warte mal, ich drück mal hier. KLICK!

...

Ach, so'n Schitt.

Hallo! Grün oder Rot?

*

9. Juli 2022

Muss da nicht was leuchten? Ach ja hier. Hallo Eva. Hier ist Opa.

Opa an Eva Lena. Roger!

Eva, kannst du mich hören? Wo bist du denn gerade? Mensch Mädel, komm doch mal vorbei! Mir ist nämlich... KLICK!

13. Juli 2022

Ich soll sie nicht so oft anrufen, sie hätte ja
Ferien. Hat sie gesagt. Eben. Ganz schön frech!
Und ich müsste nur die Taste drücken und
losreden.

Aber welche? Hab ich jetzt schon gedrückt?
Woran sieht man das denn? Das Ding ist doof!

... gar nicht sehen, ob es an...

... Taste, egal welche, aber es ...

... du das hörst, ich glaube, es geht nicht. Weil
immer, wenn ich d....

(KLICK! KLICK!   Schepper!)

Ich wurde blass, als ich das abgehört hatte. Klar, mein Opa war alt. Aber er war immer gut drauf. Nicht gerade der Technikfreak, aber auch nicht hinterm Mond.

Als ich das letzte Mal dort gewesen war, klang er ganz normal. Na ja, war ein bisschen blass. Zeitverzögert. Bisher war er nur „Opa", irgendwie verwandt. Aber jetzt so verwirrt! Ich machte mir Sorgen.

Schlaganfall? Symptome? Dr. Google hatte eine Million Antworten. Und mehr. Ich klickte mich da die halbe Nacht durch, wurde aber auch nicht schlauer.

Scheiße, wenn man in dem Alter alleine wohnt. Was kann da alles passieren und keiner merkt es. Er könnte aus dem Bett fallen und tagelang auf dem Vorleger liegen. Oder im Garten umkippen und nächtelang im Gras liegen. Oder einen Stromschlag bekommen.

Wein! Ein Glas zum Runterkommen.
Und noch eins hinterher.
Irgendwann schlief ich ein.
Und träumte von meinem Opa!

Welche Frau will denn sowas!

Am nächsten Morgen rief ich gleich bei ihm an. Er schien noch etwas verschlafen, aber war gut drauf.

Ich war beruhigt und verabredete mich zum Kaffee mit ihm. Und ja, natürlich würde ich Kirschstreuselkuchen mitbringen.

*

Tatsächlich! Opa war gestürzt! Im Garten. Über eine Harke, die da nicht hingehörte und die ihm auch nicht gehörte. Irgendwer hatte die dahin gelegt, damit er fällt. Sagte er. Vermutlich wollte man ihn ausrauben. Aber er hatte den Schlüssel ja in der Hosentasche, so dass da nichts draus wurde.

Ob er den Schuft denn gesehen hätte? Nein, natürlich nicht. Aber die Äste hätten sich bewegt, als er da so gelegen hätte.

Wie lange denn?

So etwa ne halbe Stunde.

Er hätte natürlich sofort aufstehen können, aber er wollte abwarten, was der Schuft als Nächstes vorhatte.

Na ja, Fantasie hat meinem Opa wohl noch nie gefehlt. Und die kleine Geschichte war für mich so etwas wie „alternative Fakten" von diesem Trump oder der „Tünskram" unseres Noch-Bundeskanzlers.

Wir aßen gemütlich im Wohnzimmer den Kirschkuchen, tranken Kaffee und Opa redete von alten Zeiten. Die gleichen Geschichten wie immer.

Als ich nach dem Diktiergerät fragte, zog er die Schultern hoch.

Was meinst du?

Das, was du mir vor dem Urlaub gezeigt hast. Das von Oma. Du wolltest deine Geschichten da reinsprechen und ich sollte das hinterher abhören. Ich habe dir erklärt, wie es funktioniert.

Hast du nicht!

Doch, aber du wolltest dann irgendwann nicht mehr und hast es weggelegt. Und letztes Mal hast du mir die Speicherkarte mitgegeben, ich habe sie zuhause abgehört.

Ach so! Ja stimmt. Dieses Tonband-Dingens. War denn was drauf?

Ja, Opa, ein bisschen. Ich wollte die heute aber noch mal genau erklären, wie das funktioniert.

Musst du nicht, ehrlich. Aber habe ich dir schon von dem versuchten Einbruch erzählt?

Ich schrak auf. Also war doch was an seiner Geschichte dran gewesen? Und dann erzählte er doch nur wieder die Geschichte mit der Harke im Garten. Die war allerdings inzwischen in seiner Erzählung zu einer Schaufel geworden, die er dem Schuft über den Kopf hauen wollte. Fast wäre der um die Ecke gekommen, aber hätte ihn dann wohl doch noch im letzten Moment bemerkt und wäre geflohen.

Nochmal zum Diktiergerät, Opa! Wo ist das?

Keine Ahnung. Ist das wichtig?

Ja, für mich, bitte!

Dann musst du das suchen, Kind! Du kannst doch nicht immer alles rumliegen lassen! Wenn wir damals auf dem Schiff keine Ordnung gehalten hätten...

Nein, bitte jetzt nicht! So ein Gerät, silbern, recht klein, mit einer roten und einer grünen Lampe.

Ach das?

Ja! Wo ist das?

Weiß ich nicht. Hast du das verloren?

Wütend stand ich auf und schaute mich um. Zuletzt hatte er es ja auf das Sofa gelegt. Etwas fester als nötig zog ich an dem Kissen hinter seinem Rücken. Nichts. Ich schaute unter dem Sofa nach, im Schreibtisch, unterm Schrank.

Opa ging inzwischen summend in die Küche und kam mit einem kleinen, silberfarbenen Gerät zurück. Das Diktiergerät!

Sach mal, Dirn! Hast du ein Ladekabel für meinen Rasierer? Der geit nicht mehr so gut.

Ich biss ins Sofakissen. Wirklich! Damals brachte mich so etwas noch zur Verzweiflung.

Das waren die Ereignisse, die den Grundstein zu diesem Buch legten. Und natürlich Opas Tagebuch!

Die wichtigsten Einträge folgen jetzt, was mir unwichtig erschien, wie das Meckern über das Wetter oder die Politik, habe ich weggelassen. Und natürlich die Sachen, die zu persönlich sind.

Hier fängt Opa Heiners
Tagebuch an

Übung macht den Meister
30. Juli 2022

Ja, jetzt geht es besser.

Grüne Lampe an: Losreden!

Rote Lampe an: Klappe halten!

Mann, ich weiß nur gar nicht, wat ich hier sagen soll. Ich kann ja der kleinen Dirn schlecht was vom Krieg erzählen, das arme Ding! Außerdem war ich gar nicht im Krieg. Der war schon vorbei, als ich ankam. Da habe ich man Glück gehabt.

Aber ich war verheiratet. Das ist jetzt mal schon sechs Jahre her. Verdammt lang her. Also ne! Eva! Wenn du dat hörs, das meinte ich nicht...

Kann man wirklich nicht zurückspulen?

... also ne! Das war nicht so gemeint! Dat war nich wie Krieg. Dat war nicht so gemeint. Ne! Wirklich nicht. Ich meinte, Glück gehabt! Ach Anneliese, das war eine Frau! Hab ich dir schon erzählt, wie wir uns kennengelernt haben? In der Schiffschaukel auf dem Hamburger Dom!

Also, nicht in der Kirche! Aber du kennst ja den Hamburger Dom. Du bist eine waschechte

Hamburger Dirn. Also Eingang Feldstraße, und dann immer geradeaus mit Blick aufs Riesenrad. Dann, direkt an der „Bayern-Kurve" war die Schiffschaukel. So ein Kontrast! Gegenüber die die schreienden Leute in dieser rasanten Bahn, und hier, in aller Ruhe sanft hin und her wogende Boote. Musik von Hans Albers! Ach Kind, den kennst du bestimmt nicht mehr.

Der ist auch schon tot. Glaube ich. Muss ich mal nachlesen. Oder du machst das, wenn du nächstes Mal kommst. In deinem Handy. Das weiß ja alles.

Ach! Siehste, das kommt davon, dass man nicht zurückspulen kann. Ich weiß gar nicht mehr, womit ich angefangen habe. Seemannsmist, verfluchter! Ich hole doch besser mein altes Grundig heraus. Das hat Spulen, da sieht man, wenn die sich drehen.

Neumodischer Kram von Anneliese. Unsinnszeug. Wieso hat sie das überhaupt gekauft? Und warum rede ich überhaupt mit dem Ding? Ich mach das jetzt aus.

Hat er doch gut hinbekommen, oder? Ich weiß nicht, wie ich sein werde, wenn ich so alt bin. Aber darüber mache ich mir jetzt auch keine Gedanken.

Nix Besonderes passiert
31. Juli 2022

Das war schön! Gestern war Anneliese, ach ne, quatsch, Eva da. Obwohl gar nicht Weihnachten war und sie auch kein Geld wollte. Ich habe ihr aber trotzdem 20 Euro heimlich in ihre Jackentasche gesteckt.

Eigentlich sehe ich sie viel zu selten. Liegt wohl an dem Krach mit meinem Sohn. Oder eher an der miesen Schwiegertochter. +++ (zensiert)+++

Hätte ich auch nicht gedacht, dass das alles so ausgeht. Ich meine, immerhin bin ich sein Vater! Er hätte auch ruhig zu mir stehen können. Aber egal! Schnee von gestern. Was soll ich mich auf meine letzten Tage noch aufregen? Er wird es irgendwann schon merken.

Eva hat gesagt, sie will die ganzen alten Geschichten gar nicht hören, die kennt sie alle schon. Sie will wissen, wie es mir so geht und was ich so mache den ganzen Tag lang. Da könnte sie aber auch einfach mal öfters vorbeikommen. Kommt ja sonst keiner mehr. Seit Anneliese weg ist, ist es hier ruhiger geworden.

Kann man sich gar nicht vorstellen, wie bedrückend das ist, wenn man morgens aufsteht und nach fast fuffzig Jahren keiner am Frühstückstisch sitzt. Außer mir. Kein Müsli mehr mit frischen Früchten, nur ALDI-Brötchen mit Käse. Immer dasselbe. Geht schnell und schmeckt auch.

29 Cent das Brötchen, wo gibt es sowas noch? Da kann man doch nicht meckern.

Wo war ich? Ach so, Eva. Die kommt jetzt öfter. Hat sie gesagt. Viel öfter als früher. Obwohl ihr Vater das bestimmt nicht so gerne sieht. Aber mich freut das.

Also Eva, was habe ich heute so gemacht. Ehrlich gesagt, ich glaube, da war nix Besonderes. Eigentlich gar nix. So wie immer. Ich war ein bisschen im Garten, die Hecke muss mal geschnitten werden. Und dann, warte mal, ja, da war doch heute Besuch da!

Ach Mann, Eva! Das warst ja du! Stimmt ja!

Ist das peinlich. Endlich ist hier mal was los, und ich vergesse das. Genau wie die Haustürschlüssel. Die liegen auch immer anderswo.

Ich hatte gar nicht den Eindruck, dass er an dem Tag zerstreut war, oder so. Vielleicht war das alles nur zu anstrengend für ihn, so dass er mich hinterher, wenn auch nur kurz, mit seiner Frau verwechselt hat.

Und ich bin nicht wegen des Geldes gekommen, ehrlich. Das habe ich erst viel später in meiner Tasche entdeckt.

Über diesen ominösen Streit mit meinem Vater hat er kein Wort verloren, obwohl es ihn wohl immer noch beschäftigt hat.

Mich übrigens auch immer noch. Aber ich will auch nicht nachfragen.

Opas Erfindungen
03. August 2022

Sag mal, habe ich dir eigentlich schon von meinen Erfindungen erzählt? Mensch, das muss ich noch mal nachholen, vielleicht kannst du die irgendwann ja zu Geld machen? Die sind alle noch frei, kannst du gerne was von umsetzten.

Also, da ist zuerst der Kaffeebeutel. Ich habe mich immer schon gefragt, wieso es Tee in Beuteln gibt und Kaffee nicht. Wenn, dann gibt es nur den gefriergetrockneten Kaffee, da trinkst du das Pulver ja mit. Einen Kaffeebeutel hältst du einfach rein, lässt einen ziehen und dann holst du ihn hoch. Wie ´nen gottverdammten Aal aus dem Wasser. Ein bisschen zappelt der auch, aber dann ab mit ihm in den Mülleimer und in der Tasse ist, trara, nur Kaffee, kein Prütt.

Und dann ist da noch ein Spinnenfanggerät. Ich nenne es Spifa. Einfach nur ein Rohr, am anderen Ende ein Gummiball. Du drückst die Luft aus dem Ball und hältst das offene Ende vor die Spinne.

Dann lässt du den Ball los. Die Spinne wird mit der Luft reingesaugt. Dann gehst du einfach nach draußen und drückst wieder den Ball. Die Spinne fliegt wie eine Rakete raus.

Ach, ich muss mal das Buch suchen, in das ich alles reingeschrieben habe. Das wird dich interessieren. Aber was war da noch?

Ich muss los, den Rasen mähen.

*

05. August 2022

Eigentlich hätte ich gedacht, dass das schneller geht. Mit dem Rasen. Aber ich bin nicht mehr der Jüngste. Das Schwierige sind die Stellen, die um die Ecke sind. Die sind nicht so einfach zu erwischen.

Bin jetzt aber fertig. Wirklich! Jetzt kann der Winter kommen. Oder besser noch nicht. Ist ja noch Sommer.

06. August 2022

Eva war zu Besuch. Sie hat ihr Versprechen wirklich gehalten. Schön, wenn mal jemand vorbeikommt. Gerade wenn man so lange alleine ist.

Es ist schon komisch, wenn ich morgens aufstehe, und da ist keiner mehr. Die Küche ist leer und kalt, das Wohnzimmer dunkel, kein Geräusch außer dem Summer des Kühlschranks. Das war früher anders, als Anneliese noch da war. Da war Leben in der Bude. Jetzt bin hier nur noch ich.

Eva meint, ich wäre pflegebedürftig. Wegen der Knochen, weil ich so schlecht höre und weil ich so oft was vergesse. So ein Quatsch! Ich komme sehr gut alleine zurecht. Und was nicht geht, geht eben nicht. Oder morgen.

Habe Eva von meiner Erfindung mit dem Kaffeebeutel erzählt. Sie sagt, das gibt es schon lange. Ich sollte mal öfter fernsehen. Ein Georg Kluni habe das erfunden und macht dafür Werbung. Ist sogar ein bekannter Filmstar geworden deswegen. Oder so ähnlich.

Ich glaube ihr das schon. Die Idee war ja so gut, da musste ja auch mal wer anders draufkommen.

Pech gehabt. Ich werde mal in meiner Seemannskiste graben, ob ich das Buch mit meinen Erfindungen dort ausbuddeln kann. Eva wird sich wundern, was da so alles dabei ist.

Aber ich werde tatsächlich den Fernseher mal wieder einschalten. Vielleicht ist es gar nicht so schlecht, zu erfahren, was in der Welt so los ist. Eva hat mir geholfen, wieder in Gang zu bringen und aus dem Schneegestöber richtige Sender herausgeholt. Die kann was, die Kleine! Obwohl sie ein Mädchen ist. Sie ist eben eine geborene Sundmann!

Eva bestellt mir sogar eine Zeitung. Umsonst! Ist irgend so eine Werbeaktion. Und sie bekommt sogar noch ein Geschenk dazu. Das sind merkwürdige Zeiten.

Ich werde mal in meinen alten Notizen suchen, was ich noch für andere Erfindungen gemacht habe. In den ruhigen Tagen auf dem Meer habe ich ja viel Zeit gehabt, nachzudenken.

Ich wollte sogar mal einen Kompass ohne Magneten erfinden. Hab ich aber nicht.

Der unsichtbare Fernsehmann
07. August 2022

Der Fernseher geht wieder! Was für eine Überraschung. Ich hatte den ewig nicht mehr eingeschaltet, weil ich dachte, der wäre kaputt. War der gar nicht. Gestern war einer hier und hat den repariert. Und der hat mir sogar eine Zeitung mitgebracht. Wahrscheinlich, falls der Apparat doch wieder kaputt geht. Ich habe mal den Deckel hinten weggeschraubt, damit ich das auch mal selber machen kann. Und was soll ich sagen, da sind gar keine Röhren mehr drin! Und trotzdem funktioniert der. Ich hoffe mal, der Mechaniker hat die Röhren nicht geklaut.

Weiß gar nicht, wo der Tag so geblieben ist. Morgen werde ich den Rasen mähen. Jetzt mach ich erst mal Mittagspause. Ist ja Sonntag!

Da bin ich jetzt etwas verwundert. ICH war da, wir haben Kuchen gegessen und dann habe ich nach dem Fernseher gesehen. War gar kein großes Problem, er war umgestellt von TV auf VIDEO. Deswegen ging da nichts.

Und die Zeitung hatte auch ich mitgebracht, eine Probe-Abo. Damit Opa fit im Kopf bleibt. Später war noch die Nachbarin da, wir haben Kuchen gegessen und Kaffee getrunken. Opa hatte stolz erzählt, dass ich den Fernseher repariert hätte.

Wo sind seine ganzen Erinnerungen an den Nachmittag hin?

Ich hoffe mal, er hatte damals die Rückwand nicht wirklich abgeschraubt und da irgendwo rumgefummelt. Das ist doch gefährlich! Aufgefallen war mir das beim nächsten Besuch allerdings nichts.

Das „ä" stirbt aus
09.08.2022

Irgendwie ist der Tag gestern schnell vergangen. Ich glaube, die Tage werden kürzer, wenn man älter wird. Wie im Winter! Oder damals, als ich in Rente ging. Ich dachte, jetzt hätte ich jeden Tag acht Stunden mehr Zeit. Aber nein! Da war so viel nachzuholen, so viel Neues zu machen. Ich hatte das Gefühl, noch weniger Zeit zu haben als vorher. Und dann war da noch die Sache mit meinem Sohn. Beziehungsweise seiner Dingens, seiner Frau. Diese ***(zensiert)*** ***

Ich soll mich nicht aufregen, hat der Arzt gesagt. Der hat gut reden. Was soll ich denn sonst machen, wenn ich mich ärgere? Luftblasen?

Genau, das wollte ich eigentlich sagen, liebe Eva. Zum Thema aufregen. Und danke, dass du den Fernseher repariert hast. Oder der Mechaniker, ich weiß das jetzt nicht mehr so genau. Aber er geht. Der Fernseher. Der Mechaniker ist schon gegangen, hahaha.

Und gestern, nach der Mittagspause, da war es dann eben schon irgendwie Abend. Und ich habe Nachrichten gesehen. Die haben da jetzt sogar schon Frauen. Und die gendern! Die reden von „Politiker -Luft holen- innen". Als wären da außen auch welche.

Aber da will ich mich gar nicht drüber aufregen. Viel schlimmer ist der Untergang der deutschen Sprache. Ich versuche mal, dir das so vorzusprechen, wie sich das angehört hat.

Also, ähm, guten Abend, meine Damen und Herren. Der Eltestenrat der BRD hat auf der jerlichen Hauptversammlung der festgestellt, dass Feta-Kese für Mütter und Feta nicht gut were.

Und so... Dehnemark statt Dänemark!

Verstehst du, was ich meine? Das „ä" stirbt aus. Dafür gibt es jetzt aber „innen". Ich weiß nicht, was ich von dem Tausch halten soll. Wir reden da nächstes Mal drüber, nicht wahr? Wie siehst du das?

Heute hat es geregnet. War wieder nichts mit Rasenmähen. Hörst du, wie das richtig heißt? Mähen. Nicht mehen. Aber ich rege mich nicht auf. Darüber nicht.

Inge, die Nachbarin, war gestern kurz hier. Nein, heute Morgen war's. Ich war noch beim Frühstück. Guck mal, die „ü"s sterben nicht aus.

Oder sagt jemand/in „Frustuck"? Das ist echt ungerecht!

Die wollen ein Nachbarschaftsfest machen. Jeder soll was mitbringen und dann wird gefeiert. Ich hab' sofort gesagt: Ohne mich! Was soll ich da? Ich kenne die jungen Leute gar nicht, und die alten will ich nicht sehen. Sie ist ziemlich sauer abgezogen. Verdient hat sie es! Diese...

Jetzt habe ich mich doch wieder aufgeregt.

Ach Eva, ich komme mit meinen Tabletten durcheinander. Die sind so viele und so bunt. Wenn du nächstes Mal kommst, bitte ich dich, mir da zu helfen.

Opa, Ende, over and out!

Komisch, das mit dem Fernseher hatte er doch schon erwähnt, und das war zwei Tage vorher. Und das mit dem „aussterbenden ä" war eines seiner Lieblingsthemen. Davon hat er so oft erzählt, ich weiß gar nicht mehr wann. Aber er konnte sich richtig hineinsteigern.

Und das mit Tabletten hat er mir gegenüber nie erwähnt. Ich dachte immer, er kriegt das alles schon noch hin.

Das Leben ist ein Wunder
11.08.2022

So, jetzt will ich dir mal was vom Leben erzählen. Du hast ja sonst nie so viel Zeit, um zuzuhören. Immer Hummeln im Hintern, das sehe ich wohl, wenn du da sitzt. Aber vielleicht hörst du dir das ja wirklich mal an. Oder hast du mich nur verklabauert, und das ist nur so eine Beschäftigung für olle Lüt?

Egal! Man los!

Hast du, Eva, schon mal nachgedacht, wieso du überhaupt da bist? Ne, ich fange jetzt nicht an, mit den Bienen und so...

Ich meine das Chemische, das Biologische. Da, was wirklich ein Wunder ist. Nicht die Brotvermehrung vor 2000 Jahren! Das weiß heute jeder, dass das anders war. Die hatten alle genug zu Essen dabei, jeder für sich. Das Wunder war, dass Jesus es geschafft hat, dass sie das aufgeteilt haben. Aber das meine ich gar nicht.

Zu Jesus muss ich dir auch noch mal was erzählen, aber das kommt später.

Stell dir doch mal vor, während du dies gerade abhörst. Ich hoffe mal, das tust du wirklich. Meine Stimme kommt in dein Ohr. Haut dann auf den Amboss, der aufs Trommelfell, und das macht dann den Ton. Das finde ich schon Wunder genug, dass irgendwer uns so was in den Kopf eingebaut hat. Aber dann geht es erst richtig los.

Die Schallwellen gehen ins Gehirn, das ist so ein unscheinbarer grauer Klumpen. Im Kopf. Und da, da verstehst du, was ich gesagt habe.

Verstehst du, was ich sagen will? Nicht nur, dass wir die gleiche Sprache haben, da sind Neuronen und Nerven, die setzen alles, was wir wahrnehmen, um in Impulse, die wie verstehen. Und dabei bewegen wir uns vorwärts, weil unser Gehirn unterbewusst unsere Muskeln steuert und durch das Essen mit Energie versorgt.

Unser Körper ist ein Wunder. Und ich finde es schade, dass ich das so spät zu schätzen weiß. Jetzt, wo die Knie schmerzen, der Rücken weh tut und ich beim Wasserlassen... ach, ist auch egal. Ist ne tolle Erfindung! Wer auch immer das war. Danke!

Aber was wollte ich dir eigentlich sagen? Das mit dem Rasen? Oder habe ich das schon? Ach Eva, das ist doof, trotz des wunderbaren Körpers hier allein zuhause zu sein und nicht zu wissen, was ich machen soll. Oder wollte.

Gleich kommt meine Lieblingssendung im Fernsehen. Ich leg jetzt mal auf. Die ist mit dem Dingens, du weißt schon. Den mag ich echt gerne. Bis später, Sanitäter!

Das passt wieder gar nicht zu dem Eindruck, den er vorher gemacht hatte. Eben strotzte Opa doch nur so von Idee und Gedanken. Damals wusste ich noch nicht, dass Demenz ist wie das Meer, sie kommt in Wellen.

Keiner wäscht Heiner
12.08.2022

Da bin ich wieder! Ist zwar nicht so schön, wie wirklich Besuch zu haben, aber es regt doch meine Nerven an. Ich will ja schließlich nicht so enden wie der, ach, der Nachbar. Frank, glaube ich. Der ist vor zwei Jahren ist Altersheim gegangen. Nicht freiwillig! Sie haben ihn gezwungen. Angeblich konnte er sich nicht mehr „selbst versorgen", was für ein Unsinn! Der ist jeden Morgen um 6 Uhr aufgestanden, hat die Zeitung reingeholt und sich sein Marmeladenbrötchen geschmiert. Und gegessen. Jeden Morgen! Dann ist er, ach das weiß ich auch nicht mehr so genau. Aber jedenfalls war der noch fit für sein Alter! Dreiundneunzig! Das muss man erst mal werden. Und dann immer noch Zeitung lesen und Brötchen schmieren!

Jetzt, wo der weg ist, bin ich wohl der Älteste hier. Das hätte ich auch nicht gedacht. Ach, wenn Anneliese das noch erlebt hätte. Die wäre stolz auf mich gewesen.

Ich sag immer: Keiner wäscht Heiner! Heiner wäscht sich selber!

Verstehst du? Aus der Werbung. Damals. Persil. Keiner wäscht reiner, hieß es da.

Aber, solange ich noch meine Zähne selber rausnehmen kann und mir den Waschlappen unter die Achseln wedeln, solange gehe ich hier nicht weg.

Ne!

Hier kriegt mich keiner weg.

Die Sache mit der Welle
14.08.2022

Ja, Eva, und dann ist da das, was ich dir immer schon mal erzählen wollte: Die Sache mit der Welle. Ich weiß nicht, ob dein Vater dir davon erzählt hat, er redet ja nicht mehr mit mir.

Das hat aber nix mit der Welle zu tun, sondern mit seiner Frau, dieser ****. Die hat einen Keil zwischen uns getrieben und der geht so leicht auch nicht wieder raus. So ein ****.

Die Sache mit der Welle. Das war 2009. Im Herbst. Wir waren auf Dorschfang. Oder Kabeljau, wie die Landratten hier sagen. Wegen Fietje, der einen Blinddarmdurchbruch hatte, waren wir ungeplant vor Kristiansand vor Anker gegangen. Zwei Tage Ausfall. Aber der arme Kerl musste unters Messer. Wir sind dann weiter. Durch die Nordsee zurück nach Hamburg.

Ich mag ja den Atlantik lieber, der hat noch was vom Meer. Die Nordsee ist dagegen wie ein Suppenteller. Aber Dorsch ist eben am besten aus der Nordsee. Da kannst du jeden fragen.

Also, wir waren wie auf hoher See, hatten die Netze ausgelegt und warteten. Dann kam plötzlich ein starker Wind auf, die Landratten würden das Sturm nennen. Ich entschied, die Netze an Bord zu holen. Alle packten mit an. Handgriffe, die sie schon hundertmal, ja tausendmal gemacht hatten.

Da schlug eine Welle gegen den Bug und riss Olaf mit sich. Von jetzt auf gleich. Wo eben noch seine gelben Gummistiefel standen, war nur noch eine kleine Pfütze. Kein Olaf. Es dauerte, bis in dem Getöse alle bemerkt hatten, was passiert war.

Die Mannschaft rannte an die Reling, aber Olaf war verschwunden. Ich schaltete den Motor aus, und wir suchten das Wasser ab. Stundenlang bin ich gekreist, bis es Nacht wurde.

Olaf ist nie wieder aufgetaucht. Als ich seiner Frau seine Sachen brachte, hatte ich mein

Kündigungsschreiben bereits in der Tasche. Die Reederei meinte, ich wäre zu alt, um weiter einen Kutter zu lenken. Ich hätte falsch entschieden und zu spät reagiert.

Das hat mich hart getroffen. Ich war gerade mal 60 Jahre alt. Fünf oder sechs Jahre hätte ich locker noch machen können. So wurde mir das Meer genommen und ich wurde in den Garten geschickt.

Den Garten hier, den kennst ihn ja. Damals warst du fünf oder sechs Jahre alt. Herrjeh! Ist das lange her.

Anneliese wollte mich gar nicht im Garten haben. Sie meinte, ich wäre auf dem Meer besser aufgehoben. Jetzt ist sie weg.

Und ich bin allein.

Die Geschichte hat er oft erzählt. Auch damals, als ich mit meinen Eltern noch regelmäßig zu Besuch bei ihm war.

Interessant, was alte Menschen so mit sich herumtragen.

Die Schein-Heiligkeit
15.08.2022

Heute ist Maria Himmelfahrt. Hast du das gehört? Von dem Missbrauch in der katholischen Kirche? Und nicht nur da, überall. Das kann doch nicht sein, dass ein Pfarrer sich an kleinen Kindern... Ich kann das gar nicht aussprechen.

Und dann geht er in die Kirche und betet? Und vergibt anderen ihre Schuld? Wo sind wir denn?

Also, wenn ich sein Chef wäre, und Gott ist ja wohl sein Chef, dann würde ich diesen falschen Fünfziger rausschmeißen. Hochkant. Mit Bauchlandung. Und nachher kielholen.

Ach, das ist wieder der Beweis, dass es Gott gar nicht gibt. Deswegen hab ich den Laden auch verlassen. Wieso soll ich Geld für einen zahlen, den es gar nicht gibt.

Da gebe ich es doch lieber den Negerkindern in Afrika. Die können es brauchen.

Und wenn es Gott gäbe, dann würde die gar kein Geld brauchen, weil er sich um alles kümmern würde.

Wenn es ihn gäbe.

Ich rege mich wieder auf. Hoffentlich kommt Eva heute. Das tut mir gut.

Schön, dass zu hören. Auch, wenn ich es gerne mal live gehört hätte. Ich hatte immer das Gefühl, dass ich entweder störe oder nur halb wahrgenommen werde, weil mein Vater nicht dabei ist.

Aber lustig, wie sich Opas Verhältnis zur Kirche gewandelt hat im Laufe seines Lebens. Als er noch zur See fuhr, war er ein „echte Evangele" und so oft wie möglich im Gottesdienst.

Als Oma starb, war es damit vorbei. Er fühlte sich „von Gott im Stich gelassen."

Eva nervt
20.08.2022

Eva war schon wieder da. Manchmal nervt das schon ein bisschen. Und immer dieser Kirschstreuselkuchen. Ich kann den nicht mehr sehen. Aber sie freut sich immer so, wenn ich so tue, als wenn ich mich darüber freue.
Da muss ich dann wohl durch. Aber trotzdem! Ist schon ein bisschen oft. Früher kam sie nie, außer zu Weihnachten und zum Geburtstag. Geschenke, Geschenke, Geschenke.

Ganz ganz früher kam sie ja noch mit ihren Eltern. Das war schön. Da saßen sie zu dritt und aßen Annelieses selbstgebackenen Kirschstreuselkuchen. Oh, wie habe ich den geliebt. Anneliese backt nicht mehr. Das wurde ihr zu anstrengend. Mit den Fingern.

Hab sie auch schon länger nicht mehr gesehen. Ach du jeh! Anneliese ist ja tot. Wie schlimm, das hatte ich gerade vergessen.

Vergessen ist gar nicht so schlecht, wenn es um Sachen geht, die einem weh tun. Vielleicht sollte man Amnesie-Pillen erfinden, das würde manche Leute bestimmt glücklich machen.

Mich nicht. Ich bin jetzt traurig.

Hoffentlich klingelt Eva nicht gleich schon wieder an der Tür. Ich will meine Ruhe haben. Hole mir jetzt ein Gläschen und schalte ab.

Auch die Klingel.

So oft war ich gar nicht da und das passt nun gar nicht zu seinem letzten Eintrag. Aber es tut mir weh. Schließlich bin ich dort hingegangen, weil ich ihn irgendwie gerne hatte. Und ich hatte gehofft, das beruht auf Gegenseitigkeit.

Diese Widersprüche verwirren mich jetzt etwas. Und leider kann man das jetzt nicht mehr einfach in einem Gespräch klären.

Da sieht man, wie wichtig es ist, Probleme immer sofort anzusprechen. Sonst ist es irgendwann zu spät.

Ob mein Vater bereut, das, was auch immer da war, nicht mehr geklärt zu haben?

Ich wünsche es ihm.

Eva hat eine Freundin, eine Frau
21.08.2022

Es ist schon dunkel draußen.
Eva war heute hier.
Mit ihrer Freundin.
Insa heißt die. Das ist
eine Frau! Und die haben
Händchen gehalten, genauso
wie ich früher mit Anneliese.
Ob die wirklich Mann und Frau
sind? Also Frau und Frau?
Ich kann mir das gar nicht vorstellen. Sind das
jetzt die neuen Zeiten, wo alles einfach anders
sein muss als es früher war? Warum muss das?
War das nicht gut früher? Ich bin doch auch so
groß geworden.
Nicht, dass ich meine, die Frau muss an den Herd.
Anneliese hat auch gearbeitet. Als ich sie 1970 in
Hamburg kennenlernte, war sie Konditorin, wie ihr
Vater. Und hätten wir nicht geheiratet, hätte
sie auch das Café ihres Vaters übernommen. Das
hätte sie bestimmt sehr gut gemacht.

Aber ein Kind erziehen und arbeiten, das geht
eben nicht. Das war zumindest früher so. Und
wird heute auch wohl noch so sein.

Ich bin müde. War anstrengend, mit zwei so ungestümen Leuten zu reden. Mann, haben die viel zu erzählen gehabt. Die wollen sogar zusammen in den Urlaub fahren. Oder waren schon? Ach, hab ich vergessen.

Schön, wenn Eva sich häufiger mal sehen lässt. Auch, wenn die Freundin dabei ist.

Insa. Vier Buchstaben, aber Haare auf den Zähnen.

Na ja, Haare auf den Zähnen ist schon ein harter Ausdruck. Letztendlich hat Insa sich nicht verunsichern lassen und ihren Standpunkt in Bezug auf das Gendern klar und deutlich vertreten. Nicht laut. Aber sehr deutlich. Das war Opa wohl nicht gewohnt, das zeigt ja auch der nächste Eintrag.

Dafür hat er es aber recht gelassen hingenommen, dass meine Freundin eine Frau ist. An seinem Weltbild wird das bestimmt arg gekratzt haben.

Gendern
22.08.2022

Ich habe die ganze Nacht kaum geschlafen. Ständig musste ich an die beiden Mädels denken und was sie erzählt haben. Was man heute alles nicht mehr sagen darf: Negerkuss, Zigeuner, Indianer, Damen und Herren, Lehrer, Weihnachtsmann...

Ach, ich weiß das gar nicht alles mehr. Die halbe Nacht habe ich mich herumgewälzt. Wenn der Nikolaus nun mal ein Mann war, wieso darf ich dann nicht Weihnachtsmann sagen? Sondern Weihnachtsleute! Das sind doch keine Leute. Das ist er, Sankt Nikolaus, der WeihnachtsMANN!

Negerkuss! Gut, kann ich irgendwie verstehen. Neger nutzen manchen als Schimpfwort. Und das ist gemein! Aber Waschlappen ist auch ein Schimpfwort. Werden jetzt auch Waschlappen verboten? Oder darf man das nur einfach nicht mehr sagen? So wie Lord Woldemort?

wie heißt Waschlappen denn dann jetzt? Kleinhandtuch? Aber ist das nicht eine Beleidigung für die Füße, die nicht erwähnt werden?

Und Lehrer? Na klar meine ich alle, die da in der Schule sind. Meistens sind es eh Frauen. Aber warum muss ich jetzt „Lehrkräfte" oder „Lehrer, einmal scharf einatmen, innen" sagen?

Und warum muss ich das. Ich will sie ja gar nicht beleidigen? Aber dürfen die mich zwingen?

Mann, Eva, was habt ihr da gestern alles erzählt? Das ist nicht mehr meine Welt. Ich finde mich gar nicht mehr so zurecht.

Ich leg mich nochmal wieder hin. Tschüss!

Schade, dass ich den Tonfall hier nicht wiedergeben kann. Er hat sich echt aufgeregt, der Arme. Wenn ihn etwas geärgert hat, dann konnte er sich daran aber auch festbeißen. Und mir hat er immer gesagt, ich soll loslassen.

Der Spracheintrag ist von vier Uhr morgens. Da hat er wirklich eine unruhige Nacht gehabt.

Wo sind die Weihnachtskugeln?
18.09.2022

Jetzt habe ich das Ding doch wiedergefunden. Das hier. War beim Toastbrot. Warum auch immer. Hinten hinter. Egal!

Also! Hallo, hier bin ich wieder. Jetzt habe ich den ganzen Tag diese Kugeln gesucht. Für den Weihnachtsbaum. Die roten. Die sind besonders schön. Die müssen in einem Karton sein, mit so ner Aufschrift. Wegen ...

Ach! Irgend so eine Firma. In blau. Eva muss mir unbedingt suchen helfen, wenn sie kommt. Eva, hörst du das?

Ach ne, geht ja nicht. Ach, ich rufe dich einfach an. Anneliese hätte sofort gewusst, wo die Kugeln sind.

Davon hatte ich gar nichts mitbekommen. Er hat mir auch nichts gesagt, auch nicht angerufen. Wozu auch? Es ist erst September gewesen!

Ich weiß gar nicht, wie viele Hochs und Tiefs von Opa ich nicht mitbekommen habe. So vieles wird er „dem kleinen silbernen Ding" wohl auch nicht anvertraut haben.

Schon tragisch, wenn man nach so einem langen Leben dann alleine ist.

Ich habe die vergangenen Einträge so gelassen, wie Opa sie aufgesprochen hat. Natürlich war nicht jeder Eintrag es wert, aufgeschrieben zu werden. Aber alles zusammen gibt einen Eindruck von Opa, wie er war.

Bevor er sich und meine Welt veränderte.

Opa verändert sich

Das Grübeln
24.09.2022

Was ist meine Welt? Ich habe heute Nacht mal nachgedacht. Schlafen konnte ich eh nicht. Also habe ich mal nachgedacht. Über das Leben und so. Und ein bisschen auch über den Tod. Der kommt ja immer näher. Eigentlich ist er schon da. Vor der Tür. Wenn ich aufmache, lasse ich ihn rein. Dann bin ich tot.

Manchmal habe ich wirklich Angst, die Tür aufzumachen, wenn es klingelt. Und es klingelt jetzt wieder öfter. Weil ich ein Hörgerät habe. Eva hat es mir besorgt. Hat sich ganz lieb um mich gekümmert, überall hingefahren und so.

Aber ich weiß nicht, ob ich mich freuen soll. Jetzt höre ich wieder so viel. Vorher war das besser, da hatte ich meine Ruhe.

Manchmal ist es ganz gut, wenn man alles so lässt, wie es ist. Vielleicht verstecke ich die Dinger einfach.

Mist, dass man das jetzt nicht löschen kann!

War nur ein Scherz, hihihi.

Ach ja, meine Welt. Die ist eigentlich Geschichte. Das hier ist eine andere Welt, da passe ich gar nicht mehr rein.

Gendern, Männer lieben Männer, es gibt wieder Krieg, die Politiker werden immer unfähiger, die Kirche ist nur noch eine Fassade, das Essen ist Chemie. Ach, wie soll das alles weitergehen? Was wird aus Eva in zwanzig oder dreißig Jahren?

Warum sterben wir nicht einfach, wenn die ersten Gebrechen anfangen? Ich will jedenfalls nicht im Rollstuhl durch die Stadt geschoben werden. Oder auf der Intensivstation liegen und beatmet werden.

Manchmal denke ich, es ist Zeit, die Welt den Jüngeren zu überlassen.

Hätte ich das damals gehört, hätte ich mir echte Sorgen gemacht. Da klingt ja schon nach Abschiedsworten. Aber er hat sich davon nichts anmerken lassen, wenn ich da war. Wenn er mal gerade nicht gutgelaunt war, dann war er nachdenklich, aber keinesfalls pessimistisch.

Warum hat er nichts gesagt?

Das erste Molekül
25.09.2022

Du wirst das nicht glauben, Eva, was ich heute Nacht geträumt habe. Ich habe Mo getroffen, so nannte er sich. Mo ist das erste Molekül, dass es überhaupt gab. Geboren, als die Erde noch Stein und Staub war, die Ozeane waren noch leer.

Mo ist aus dem Weltraum gekommen. Mit einem Meteoriten ist er auf die Erde gekracht und hier gestrandet. Er ist schon ein paar Milliarden Jahre alt. Aber immer noch da. Irgendwo.

Man sollte Wissenschaftler auf die Suche schicken, um ihn zu finden. Vielleicht sollte ich mitmachen? Ich habe ihn ja getroffen und würde ihn wiedererkennen.

Ich werde meine Tochter mal drauf ansprechen, wenn sie nächstes Mal kommt. Eva ist schlau, die weiß alles. Und was sie nicht weiß, kann sie nachsehen.

Die weiß, wie das geht! Die ist eben eine echte Sundermann. Nicht so wie ihr Vater, der Verräter. Und seine Frau, die Schlange.

Wo ist eigentlich die Butter? Die ist doch immer im Kühlschrank? Wie soll ich denn frühstücken, wenn die Butter weg ist?

Ob das dieser hintertrieben Halunke war, den ich gestern getroffen habe? Der war mir gleich verdächtig. Von wegen Raumschiff und so. Der klaut! Butter!

Ach, da ist sie ja. Auf dem Toaster.

Oh, noch grün. Dann lege ich jetzt mal auf.

Also ehrlich! Nach dem letzten Eintrag dann wieder so etwas. Wo hat er das nun wieder her? Das mit dem Molekül.

Und das mit dem Butterdieb? Wenn ich genau drüber nachdenke, glaube ich, dass er ein oder zwei Mal etwas erzählt hat von Zweigen, die sich zur Seite biegen und Schritten im Garten. Das habe ich aber nie so ernst genommen, einfach für eine Sinnestäuschung abgetan.

Heute bin ich mir sicher, dass da keiner war, sondern er sich selbst gegenüber nur nicht zugeben wollte, dass er die Butter vertüdelt hatte.

Der Schlüssel ist weg
03.10.2022

Jetzt werde ich auf meine alten Tage doch vergesslich. Oder die blöde Elster hat meinen Schlüssel geklaut. Ich habe ihn den halben Tag gesucht, er ist und bleibt einfach verschwunden. Ich weiß noch genau, dass ich die Tür aufgeschlossen habe, da hatte ich ihn noch in der Tasche. Dann war ich im Bad, und draußen bei den Vögeln. Und am Kühlschrank, habe das Eingekaufte aufgeräumt.

Warte mal, das wäre ja komisch. Ich guck da nochmal. Ne! Da ist er nicht. Auch nicht im Gefrierfach. Die Vögel. Als Dank für das Füttern haben die den bestimmt geklaut. Undankbare Bande! Ich kann mich genau erinnern, dass ich ihn auf den Tisch gelegt habe, als ich das Futter aus der Kiste holte.

Und nun ist er weg. Ist ja klar, wer das war. Heute kommt Eva, die muss mir dann suchen helfen. Vielleicht liegt er oben im Baum. Im Elsternnest. Man kennt das ja.

Wo ist das Fernglas? Ich geh schon mal raus und suche. Aber! Aufgepasst. Wo ist der Schlüssel? Damit ich auch wieder reinkomme? In der Hosentasche, jawoll. Da muss er auch sein. Dann geh ich jetzt raus.

Ach, Rasen mähen kann ich auch morgen noch. Ich mach erst mal Pause.

Ja, hier fing es dann wirklich an mit der Vergesslichkeit. Das war schon nicht mehr tüdelig, das war schon mehr. Das fiel mir und auch der Nachbarin schon auf.

Und Opa ja wohl auch.

Wie das wohl ist, wenn man merkt, dass da drinnen im Kopf nicht mehr alles funktioniert?

Ist es dann eine Gnade, zu vergessen, dass man vergesslich ist? Wenn man nur noch in den Tag hineinlebt? Nein, nicht in den Tag hinein. In den nächsten Moment hinein.

Und jetzt auch die Brieftasche
04.10.2022

Sie sagt natürlich, dass sie das gerne macht, aber ich glaube doch, dass es ihr um Geld geht. Zumindest auch. Wieso sollte sie sonst kommen und Kuchen mitbringen? Ich glaube kaum, dass sie mich alten Zausel ins Herz geschlossen hat. Und zu erben ist hier ja ne Menge. Allein das Haus ist ne halbe Mille wert.

Und Peter kriegt es nicht. Eher vermache ich es den Vögeln. Oder vielleicht Eva. Das muss ich noch sehen. Hat ja noch ein bisschen Zeit.

Eva hat mir das nicht geglaubt mit dem Taschendieb. Sie meint, einer, der erst klaut und dann hinterher das Portemonaie zurückgibt, den gibt es nicht.

Gibt es doch! Als ich heute bei Aldi den Kaffee kaufen wollte, stehe ich da an der Kasse, und die Brieftasche ist weg. Ich hatte sie eben noch in der Hose gehabt.

So schnell geht das. Mal eben nach der Dosenmilch gebückt. Und zack! Brieftasche weg! Oder am

Weinregal. Weiß ich nicht so genau. Ich hab das ja
auch nicht bemerkt.
Ein Riesenaufstand war
da an der Kasse. Die
wollten mir den Kaffee
doch nicht einfach so
mitgeben! Was kann ich dafür, wenn ich in deren
eigenen Laden beklaut werde? Sind die doch
schuld, wenn ihre Kunden plötzlich mit leeren
Hosen dastehen. Sollen Sie besser aufpassen!
Ich hätte den Kaffee schon beim nächsten
Einkauf bezahlt. Ich bin ja ehrlich!

Mann, war das ein Schock.

Und dann komme ich nach Hause, da hat der Typ,
ich glaube das war der mit der Jeansjacke, die
Brieftasche dreist und frech auf meinen
Küchentisch gelegt. Der sah schon so komisch
aus. Guckte mich im Laden auch immer an.
Bestimmt haben die Kameras, aber die wollten
mich nicht dranlassen. Das war echt ein Kampf an
der Kasse. Verloren hat die Kassiererin. Sie hat
zwar den Kaffee behalten, aber ich meine
Achtung!

Wenn ich den Typen noch mal sehe, beim
Einkaufen, dann mache ich den platt. Auch, wenn
er die Brieftasche wieder zurückgebracht hat.

Einfach auf den Küchentisch gelegt, so als wäre sie nie weg gewesen. Aber ich weiß genau Bescheid. Da war ja mein Ausweis drin. Und meine Adresse! Hah! Ertappt!

Fehlt auch nicht viel, zehn oder zwanzig Euro. Fällt kaum auf. Echt raffiniert von „Jeansjacke". So nenne ich ihn jetzt. Bis ich ihn wiedersehe. Dann heißt er „kaputte Jeansjacke".

Der wird mich noch kennenlernen.

Also, das muss ich doch noch mal klarstellen, auch wenn Opa das nicht mehr hört. Oder liest. Ich war nie an dem Geld interessiert. Natürlich habe ich mich darüber gefreut, wenn er mir mal 'nen Zwacken oder so zugesteckt hat. Ich hatte ja auch Kosten, für Benzin, Kuchen, und so. Aber das war nie im Vordergrund.

Soviel dazu!

Jeansjacke! Dafür gibt es doch in der Psychotherapie einen Ausdruck, wenn man etwas auf jemand anderen verlagert. Den werde ich noch googeln.

Und der Aufstand bei ALDI… Ich bin froh, dass ich nicht dabei war. Da wäre mit Sicherheit

Fremdschämen angesagt gewesen. Aber das kam später sowieso. Opa war ein Sturkopp, und ich glaube, das wird im Alter immer schlimmer. Und bei dementen Menschen gehört das leider zum Krankheitsbild dazu.

Abschied vom Auto
15.10.2022

Ich habe heute gedacht, ich mache Eva mal eine Freude. Die kommt immer so abgehetzt hierhin mit ihrem quietschenden Fahrrad. Bei Wind und Wetter. Und mein Auto steht doch meist nur herum.

Einkaufen kann ich auch zu Fuß, das sind nur 15 Minuten. Oder Inge bringt mir was mit. Oder ich fahre mit Eva, wenn sie mal vorbeikommt.

Die wird sich bestimmt freuen, die Eva. Wann bekommt man schon mal ein Auto geschenkt? Es ist gleich Mittag, ich werde schon mal Kaffee kochen. Eva kommt zum Kuchen.

Oh, da hat er kurz und knapp ein bewegendes Ereignis aus seiner Sicht erzählt. Es gibt da aber noch ein paar Fakten, die er offensichtlich weggelassen hat.

Die Nachbarin passte mich ab, als ich nachmittags kam. Sie erzählte mir, Opa sei kurz vor der Garage vom Weg abgekommen und im Graben gelandet. Als er dann wieder rückwärts herausfuhr, habe er einen Baum touchiert. Sie habe noch versucht, ihn darauf anzusprechen, aber er habe nur abgewiegelt. Es sei nichts passiert.

Mir hat er zunächst gar nichts davon erzählt. Wir packten den Kuchen aus, er holte den Kaffee. Der war kalt. Klar, er hatte ihn ja schon mittags gekocht, aber die Kanne ausgeschaltet. Stromsparen, das war eines seiner Hobbies.

Irgendwann, mit vielen Umwegen, kam er dann auf das Auto zu sprechen. Wir gingen in die Garage. Ein alter VW Golf, so ca. 20 Jahre alt. Rundum, wirklich rundum beschädigt. „Sturmschaden", sagte Opa.

Schon etwas her, aber das macht nix, der fährt immer noch 1 A. Auch auf der A1. Und hält noch Jahre!

Und die Beule da hinten?

Da ist eine Mülltonne gegen geweht worden. Volle Tonne, und peng! Auto kaputt.

Es war schon verlockend, ein eigenes Auto zu haben. Auch, wenn Papa sicher nicht begeistert davon wäre. Und als Opa mir dann noch versprach, für ein Jahr Stuer und Versicherung zu übernehmen, stimmte ich zu. Ich sollte nur auf Lebenszeiten ihm bei jedem Besuch ein Stück Kirschkuchen mitbringen. Das schien mir fair.

Das Auto habe ich noch heute. Ich habe es etwas ausgebeult und gespachtelt. Ein Erinnerungsstück an den alten Zausel.

Der Fernseher ist kaputt
30.10.2022

Gestern wollte ich das Spiel sehen. Mache ich ja nicht mehr oft, meistens schlafe ich vor dem Fernseher ein. Aber gestern Abend war wichtig!

Dann ging der nicht, der Apparat. Obwohl ich das extra noch mit Eva geübt hatte. Die hat mir sogar alles auf einen Zettel geschrieben, was ich machen soll. Aber der Zettel ist weg.

Als ich dann so im Sessel saß und überlegte, woran es liegen konnte, bin ich wohl leicht weggenickt. Als ich dann wieder wach wurde, habe ich sofort Eva angerufen. Die war echt sauer, weil das für sie wohl schon zu spät war. Manchmal stellen sich die jungen Leute aber auch an.

Ich mach mir jetzt Frühstück und dann probiere ich es noch mal. Guck an, da im Kühlschrank. Den hat sie aber gut versteckt.

Schritte, Geräusche

Kleiner roter Knopf ... silberne Fernbedienung ... Senderwahl ... Lautstärke links, nicht rechts

Scheppern

Ach, Mist! Geht nicht. Gar nix. Muss wohl der Fernsehmann kommen. Ist ja auch schon alt. Mist!

Ich war am gleichen Tag noch bei Opa. Der Stecker war rausgezogen. Kein großes Problem. Ich verstand damals nicht, dass es so eine einfache Sache nicht lösen konnte.

Und ja, ich habe mich über den Anruf geärgert. Mitten in der Nacht, zwei Uhr. „Wieso schläft der denn nicht?", habe ich damals gedacht.

Erst so nach und nach habe ich erfahren, wie oft Opa nachts im Haus „herumgeistert" und irgendetwas sucht oder umräumt. Das wurde mit dem Fortschreiten der Erkrankung immer schlimmer.

Wie kann man so einen Menschen nachts allein lassen?

Gegenfrage: Wer kann sich 24 Stunden um einen anderen Menschen kümmern? Man hat ja auch noch ein eigenes Leben.

Ich werde vergesslich
01.11.2022

Drei Stunden habe ich
wieder dieses blöde
Gerät gesucht.
Ich glaube, das lasse ich jetzt
auch sein mit diesem Gebabbel. Hört ja eh keiner
und es interessiert auch keinen. Und jetzt habe
ich auch noch vergessen, was ich überhaupt
sagen wollte. War was Altes.

Ich schau mal im Auto nach, ob ich da noch
Einkäufe drin habe. Manchmal vergesse ich ja
schon mal was.

    Schritte, Tür

Herrgott! Das Auto ist weg. Aus der
verschlossenen Garage geklaut. Das waren

Fachleute! Da bin ich mir sicher. Wenn ich schnell genug bin, erwischt die Polizei sie vielleicht noch.

Eins, eins, null.

Tappen

Ach, das ist ja gar nicht das Telefon. Was mache ich denn hier mit dem blöden Ding?

Ich hatte gehofft, dass die Tonaufzeichnungen mir etwas mehr Klarheit bringen würden, was damals mit Opa los war. Sie zeigen mir einen alten Mann, der mit seiner kleinen, aber doch überschaubaren Welt immer weniger zurechtkommt.

Es macht mich traurig, dass abzuhören und mir dem zu vergleichen, was ich aus meinem Tagebuch zu diesem oder jenem Tag notiert habe.

Der Abstand zwischen seiner und meiner Wahrnehmung wird langsam größer.

Er hatte nicht die Polizei gerufen, dass hätte ich mitbekommen. Zumindest hätte die Nachbarin es erwähnt.

Als ich Opa abends besuchte, saß er draußen im Garten, eine leere Flasche Wein auf dem Tisch. Von der inneren Aufruhr, die in seinem Eintrag ja deutlich zu hören war, keine Spur. Auch kein Wort.

Wie viel geschieht wohl in den Köpfen der Älteren, von dem wir nichts mitbekommen?

Wie viel „Unsinn" stellen sie an, den wir gar nicht bemerken?

Wie viel Verzweiflung halten sie aus, ohne ein Wort zu sagen?

Ist Vergessen da vielleicht ihre Art der Er-Lösung?

Die Sache mit der Welle
15.11.2022

Das muss ich noch erzählen. Damals lebte Annegret noch. Du kennst sie ja auch noch. Ach quatsch, Anneliese, nicht Annegret.

Da war früher mal die Sache mit der Welle. Das habe ich dir bestimmt noch nicht erzählt. Wie waren auf Dorschfang bei Dänemark. Das war ein echt stürmischer Tag, nichts für Landratten. Das Schiff schaukelte hin und her, aber wir holten die Netze ein.

Olaf stand ganz vorne auf dem Bug, als ihn eine große Welle erwischte und über Bord spülte. Von einem Moment auf den anderen war er weg. Nur seine gelben Gummistiefel standen noch da, wo eben noch der ganze Olaf war. Während die anderen noch wie versteinert herumstanden, schnappte ich mir den Rettungsring mit dem Tau und sprang hinterher.

Alle an Bord riefen und suchten verzweifelt das Wasser ab, aber Olaf blieb verschwunden. So ein tragisches Ende hatte er nicht verdient.

Als es dunkel wurde, gaben wir die Suche auf. Das war der schwärzeste Tag in meinem Leben. Und das war auch der Grund, weshalb ich dann mein Kapitänspatent zurückgegeben habe. So was vergisst man einfach nicht. Ich träume heute noch davon.

Und die traurigen Augen seiner Frau, als ich ihr Olafs Sachen brachte. Schlimm. Nicht auszuhalten. Ich hatte alles versucht, aber konnte nichts machen.

Manchmal ist das Leben ungerecht.

Ja, die Geschichte stand hier schon einmal. In einer anderen Version. Ich habe sie in vielen verschiedenen Versionen gehört, seit ich Opa kenne. Aber diese Version ist anders, neu. Opa als Retter! Sonst war er entweder unbeteiligt oder gar mitschuldig.

Was wirklich passiert ist, werde ich wohl nie erfahren.

Leere Zimmer sind bedrückend
16.11.2022

Leere Zimmer sind echt bedrückend. Ich war gerade in Annelieses Zimmer und irgendwie roch es da noch nach ihr. Ich weiß, dass sie tot ist, aber für einen Moment war sie doch da.

In der Küche fehlen die Blümchen, draußen im Garten auch. Alles ist irgendwie leerer, kälter geworden in der letzten Zeit. Das Einzige, was ich den ganzen Tag höre, sind meine Schritte auf dem Fußboden. Der Fernseher geht ja auch nicht.

Still ist es geworden um mich herum. Ich gehe von einem kalten Raum in den anderen und rede mit einem Rasierapparat in meiner Hand.

Wieso sagt der nichts?

Einfach mal erwähnen, dass es einem nicht so gut geht. Nicht immer alles herunterschlucken. Immer nur: Tapfer sein. Aushalten.

Ich könnte mich aufregen.

Der Rasen wächst nicht richtig
21.11.2022

Jetzt guck ich schon die ganze Zeit aus dem Fenster. Die Sonne scheint nicht, aber es regnet auch nicht. Auch kein Wind. Irgendwie ist gar kein Wetter da.

Der Rasen wächst nicht richtig. Das habe ich jetzt festgestellt. Ich hatte immer schon mal den Verdacht, aber jetzt hab ich es genau gesehen.

Das ist jetzt schon sehr verwirrend. Schon fast wirr. Ich weiß gar nicht, was ich dazu schreiben soll.

Ein Gläschen mehr schadet nicht
27.11.2022

Erster Advent, ja, wie schön. Und ich hab das Ding hier wieder so lange gesucht. Schlimm!

Nun hab ich vergessen, was ich sagen wollte. Aber das kommt gleich wieder. Man muss nur dahin zurückgehen, wo es einem eingefallen ist.

Aber das weiß ich jetzt gerade auch nicht mehr.

Inge, ach ja, Inge. So schön es ja ist, eine Nachbarin zu haben. Aber wenn die nicht tut, was ich sage, nützt das auch nichts.

Nichts hat sie mir mitgebracht. Keine einzige Flasche. Und nicht aus Versehen. Extra! Weil sie erst vorgestern zwei Flaschen gekauft hätte und die könnte man gar nicht so schnell austrinken. Und wenn doch, wäre das ungesund.

Was denkt die sich denn? Ist doch mein Leben, und meine Leber. Und hier und da mal ein Gläschen, das beruhigt mich. Was soll schon passieren? Selbst wenn ich deswegen

früher sterben sollte, auf die paar Tage kommt
es jetzt auch nicht mehr an.
Wenn ich noch mein Auto hätte, würde ich schnell
fahren. Warum musste ich das nur abgeben? Das
war doch noch gut.

Jetzt muss ich wieder den ganzen Abend vor dem
kaputten Fernseher sitzen und auf die Wand
starren. Vielleicht finde ich noch ein Bier im Keller.

Opa Ende und Aus. Roger, over, klick.

Natürlich war der Fernseher nicht kaputt, es
war nur wieder einmal der Stecker
herausgezogen. Das war er dann natürlich
selbst. Zum Stromsparen. Damit nachts die
kleine rote Lampe nicht brennt. Ist ja auch in
Ordnung. Aber er muss es dann am nächsten
Morgen wissen.

In diesen Tagen habe ich Opa immer öfter mit
einer Flasche Wein angetroffen. Meist in der
Küche, da trank er dann das Gläschen zum
Essen.

Manchmal auch draußen auf der Terrasse,
schlafend. Trotz der kalten Temperaturen.

Was kommt jetzt noch im Leben?
06.12.2022

Die letzten Tage sind so an mir vorbeigeschlichen. Heute bin ich traurig. Da ist nichts mehr, auf das ich mich freuen kann. Kein Urlaub, keine Familie, nix ist da mehr.

Wenn man jung ist, hat man noch so viel vor. Aber jetzt hat man alles hinter sich. Wenn man nach vorne schaut, ist da nichts.

Langweilig. Will hier auch nicht mehr reinsprechen.

Sie lesen das ja „nur" hier. Die Audiodatei auszuhalten, das ist schon eine andere Hausnummer. So schwermütig hatte ich Opa damals nicht wahrgenommen. Nachdenklich, hätte ich gesagt, aber mehr nicht.

Ob ihn damals schon sein Lebenswille verlassen hatte?

Ich will noch mal das Meer sehen
10.12.2022

Hier will ich sterben.

Aber ich will vorher noch mal das Meer sehen. Das ist so trostlos hier. Aber ohne Auto komme ich da nicht hin. Meine Knie machen das nicht mehr mit, wenn ich da zu Fuß hingehe. Es kommt aber auch keiner vorbei und fragt mal, was er für mich tun kann. Ich sitze hier und quatsche in diese Box.

Moment, es klingelt. Das muss meine Türklingel sein. Hier wohnt ja sonst keiner. Nur Heiner!

Eva, bist du das? Moment! Wie geht das Ding denn jetzt noch mal aus, verdammt!

Eva, wirklich! Schön, dass du mal vorbeikommst. Du warst ja lange nicht mehr da.

Sag mal, wie geht dieser Kasten noch mal aus? Ach ...

        -   Klick -

Ich könnte heulen, nein, ehrlich gesagt heule ich auch, wenn ich diesen Tag abhöre. Da hat er endlich einmal etwas gesagt und ich habe es dann auch Gott sei Dank richtig gemacht.

Ich habe ihn mir geschnappt und wir sind einfach losgefahren. So weit ist das ja gar nicht. Eine Stunde Fahrt bis zum Leuchtturm Büsum. Ist zwar nicht das große Meer, so wie Opa es erfahren hat, aber es war Flut und jede Menge Wasser zu sehen.

Lange hat er dort gestanden und auf das Nass geschaut.

Er war glücklich.

Und ich auch. Besonders jetzt, nachträglich, dass ich ihm spontan diesen Wunsch erfüllt habe.

Der Einbrecher
17.12.2022

Da schleicht einer ums Haus. Seit ein paar Tagen schon. Den packe ich mir jetzt. Ich sag noch schnell Eva Bescheid, dass sie später kommen soll. Wenn ich mit dem Halunken fertig bin.

Davon hatte ich an dem Tag natürlich nichts mitbekommen, wie sollte ich auch. Bis heute ist unklar, ob da wirklich jemand war oder Opa sich das nur eingebildet hat. Angerufen hat er mich leider nicht. Er muss dann wohl sofort hinausgegangen sein. Laut Zeitstempel auf dem Diktiergerät war das mittags.

Als ich abends auf dem Rückweg vom Reiten bei Opa vorbeischaute, lag er im Garten und hielt sich den Arm. Der sah irgendwie verdreht aus. Opa erzählte, er wäre vermutlich von hinten niedergeschlagen worden. Jedenfalls wäre er gestürzt und hätte sich mit dem Arm abgefedert. Und jetzt täte der ihm weh.

Ich habe ihn sofort gepackt und bin mit ihm ins Krankenhaus gefahren. Dort wurde er dann von Kopf bis Fuß untersucht. Die haben sich echt viel Mühe mit ihm gegeben, auch, als er schon etwas ungehalten wurde. Warten war nie so ein Ding.

Der Arm war gebrochen und musste unter Narkose gerichtet werden. Das war ein Gezeter, bis Opa sich damit einverstanden erklärte! Er habe schon ganz andere Sachen überstanden, damals, auf hoher See, und da hätte es auch keine Krankenhäuser gegeben. Irgendwann gab er dann aber doch auf und ließ sich auf sein Zimmer bringen.

Ich versprach mindestens fünf Mal, ihm zuhause eine Reisetasche zu packen und am nächsten Tag vorbeizubringen. Damit ließ ich ihn dann allein und fuhr erst einmal nach Hause, um meinen Eltern Bescheid zu sagen.

Die sind ja so engstirnig, die Erwachsenen. Verliert man denn völlig seine Gefühle, wenn man älter wird. Oder ist das nur bei Mama und Papa so?

Ich verstehe das nicht. Wenn mein Vater im Krankenhaus wäre, würde ich ihn besuchen. Egal, was er vielleicht gemacht hat. Selbst, wenn er meinem Isländer was getan hätte. Zumindest, wenn das nicht zu arg gewesen wäre. Sagen die nicht immer, Blut wäre dicker als Wasser? Was fließt denn in deren Adern? Luft?

Ich bin sauer auf meine Eltern. Ich fahr jetzt zu Insa, die versteht mich.

Im Krankenhaus
18.12.2022

Eva hat mir wieder das Ding mitgebracht, ich soll reinsagen, was passiert ist. Also …

Eigentlich hab ich da gar keine Lust zu.

Die haben mich operiert, am Arm. Mit einer Betäubung. Das macht echt müde. Ich glaube, ich mache morgen weiter.

Tüß, Eva. Tüß.

Ja, das hat mich nun wirklich nicht weitergebracht. Dann bleibt es wohl für immer bei der Version mit dem Einbrecher, der um das Haus schlich.

Letztendlich aber auch egal, Hauptsache war, es ging ihm wieder gut. Ich weiß nicht, wer sich mehr gefreut hat, als Opa entlassen wurde. Er selbst oder das Personal. Nachts soll er durch die Gänge und Zimmer geschlichen sein, auf der Suche nach seine, Schlüssel. An einem Morgen hatte er sogar drei Schlüsselbunde auf seinem Nachttisch liegen, die er irgendwie in anderen Zimmern eingesammelt hatte. Die Angestellten hatten Mühe, die Sachen wieder ihren Eigentümer/innen zurückzugeben.

Ich hatte heute ein Gespräch mit dem behandelnden Arzt. Opa hatte mich als „nächste Angehörige" angegeben. Es war mir so peinlich, als der Arzt mich dann fragte, ob mein Vater tatsächlich verstorben sei.

In diesem Moment war ich so wütend auf Papa, dass er nicht einmal ins Krankenhaus kommen wollte, dass ich „ja" gesagt habe. Als ich den Mitgefühlsblick des Arztes dann auch noch aushalten musste, habe ich mich echt geschämt. Aber was soll's. Gelogen ist gelogen. Da muss ich dann auch weitermachen.

Opa hat ganz viel Unsinn im Krankenhaus angestellt. Er ist mehrfach im Schlafanzug nach unten gegangen und wollte nach Hause. Die Krankenschwestern hat er mit Anneliese oder

Eva angeredet. Das Essen wollte er nicht anrühren, weil es vergiftet sein könnte.

Der Arzt hatte mich dann gefragt, ob ich nicht wüsste, dass er Anfänge von Demenz habe. Nein! Wusste ich nicht. Hatte ich nur irgendwie schon geahnt. Bin gespannt, wie das weitergeht.

Ach, und dann sagte der Arzt noch, es könne sein, dass das mit der Demenz noch schlimmer werde. Wegen der Narkose, die notwendig gewesen war.

Tolle Aussichten. Ich muss sehen, dass ich da kürzertrete. Reiten, Opa, Schule, ...

Insa sagt, zu Recht, dass unsere gemeinsame Zeit zu kurz kommt.

Immer noch mein Opa, aber anders...

Bisher habe ich, so gut ich es konnte, Opas Genörgel und Gedanken hier zu Papier gebracht. Wäre vielleicht auch schön gewesen als Hörbuch, mit Originalton. Aber keiner außer mir würde die Zusammenhänge verstehen.

Nach dem Krankenhausaufenthalt endeten auch Opas Audio-Einträge. Ich kann ich nachhinein nicht sagen, ob er das Gerät verlegt hatte oder einfach nur keine Lust mehr. Aber auch in der Zeit nach dem Krankenhaus ist viel geschehen. In dieser Zeit ist er mir irgendwie ans Herz gewachsen, so unbeholfen und hilflos meistens war. Wahrscheinlich habe ich einen „Mutter Theresa Komplex" entwickelt, wenn es so etwas gibt.

Die Zeit, in der die Demenz immer schlimmer wurde, hat mich sehr gefordert. Ich will hier mal meinen Respekt aussprechen für alle, die das täglich erleben und aushalten, einen demenzkranken Menschen zu pflegen. Egal ob Profis oder Verwandte.

Bravo! Alle Achtung!

Die folgenden Seiten sind mit Hilfe meiner Tagebucheinträge und aus meiner Sicht der Dinge entstanden.

Wieder Zuhause
23.12.2022

Heute habe ich Opa aus dem Krankenhaus geholt und nach Hause gebracht. Wie viele Formulare man da ausfüllen muss, unglaublich. Ohne mich hätte er das gar nicht hinbekommen. „Kundenfreundlich" ist etwas anderes. Aber jeder, ob Beihilfe oder private Krankenkasse, hat wohl seine eigenen Ansprüche an das, was abgerechnet werden darf.

Es dauerte etwa eine Stunde, Entlassungsbrief, Aufenthaltsbestätigung, etc. bis wir losfahren konnten. Ich möchte nicht krank werden!

Kaum hatte ich vor seiner Garage die Autotür geöffnet, rannte Opa los. Ich dachte, er müsse auf die Toilette, deswegen lud ich langsam seine Sachen aus dem Wagen und folgte ihm den Weg die paar Meter zum Haus hinauf. Ich hatte mir bewusst Zeit gelassen, aber er stand immer noch vor der Haustür, mit dem Schlüssel in der Hand. Ich hatte irgendwie ein komisches Gefühl...

Schön, dass du endlich da bist. Wir müssen los! Er schnappte seine Reisetasche aus meiner Hand und ging zum Auto. Ich war so überrascht, dass er sich sogar noch hinter das Steuer setzte, bevor ich reagieren konnte.

Es hat mich sehr viel Mühe gekostet, ihm zu erklären, dass er doch gerade aus dem Krankenhaus gekommen ist und ich ihn nach Hause gebracht habe. Passend zum Weihnachtsfest. Irgendwann hat es dann wohl bei ihm „klick" gemacht und er ist wieder ins Haus gegangen. Ich war echt erleichtert und völlig überfordert mit dieser Situation. Und als ich gerade dachte: „Alles okay, ich kann ihn jetzt alleine lassen.", sagte er: **„Weißt du was Eva, ich habe völlig vergessen, den Rasen zu mähen. Ich geh dann jetzt mal raus."**

Auch der gemeinsame Blick aus dem Fenster hat nichts geholfen, er wollte unbedingt nach draußen. Glücklicherweise kam seine Nachbarin Inge, die das Auto vor der Garage stehen gesehen hatte. Sie ging mit ihm in die Küche und kochte erst einmal eine Tasse Kaffee. So war er abgelenkt und ich konnte mehr oder weniger beruhigt nach Hause fahren.

Ich habe hinter echt geheult. So hatte ich Opa noch nie erlebt, ich habe ihn kaum wiedererkannt. Ich hoffe, das legt sich schnell. Ich weiß nicht, wie ich damit umgehen soll.

Heiligabend bei Opa
24.12.2022

Ich habe meinen Vater heute Morgen fast auf Knien gebeten, ich habe sogar künstlich geweint, doch wenigstens diesen Heiligabend gemeinsam zu Opa zu gehen.

Er hat dann so etwas gesagt, wie von einem Graben, der zugeschüttet, ne der aufgeschüttet ist und den man nicht mit einer Badewanne voll Christbaumkugeln wieder füllen könnte.

Ich wünschte, ich würde nie erwachsen werden, zumindest nicht so, wie mein Vater. Dann lieber sofort alt und so wie Opa. Opa so, wie er bis vor kurzem noch war.

Ich habe mich dann kurz nach dem Mittagessen herausgeschlichen und bin kurz bei Opa vorbeigefahren. Hat keiner gemerkt. Nicht mal Opa, ehrlich gesagt.

Da er auf mein Klingeln nicht geöffnet hatte, bin ich mit dem Notfallschlüssel von hinten ins Haus gegangen. Ich hörte ihn schon von Weitem singen. Er saß in der Küche am kleinen Tisch mit einer Flasche Wein. Irgendwie wirkte er glücklich und trällerte laut immer wieder dasselbe Lied.

Ich habe mich nicht getraut, ihn zu stören und bin leise wieder weggeschlichen. Jetzt sitze ich hier und schäme mich ein bisschen. Wir machen gleich Bescherung und Opa ist ganz allein zu Hause. Vielleicht fahre ich nachher doch noch einmal hin. Aber, ehrlich gesagt, habe ich ein bisschen Schiss vor der Begegnung, wenn er wieder so anders ist...

Fremd geworden
26.12.2022

Zuhause war es dann hinterher auch ganz schön, nachdem der erste Streit vorbei war. Papa war sauer, weil ich heimlich bei Opa war. Ich war sauer, weil Papa einfach nicht mehr zu seinem

Vater wollte, nicht mal zu Weihnachten.

Mama war sowieso sauer, wegen der vielen Arbeit mit dem Essen, und keiner dankt es einem, dem unaufgeräumten Wohnzimmer und weil wir keine Weihnachtslieder singen wollten.

Meine Schwester Petra war sauer, weil sie das gewünschte Game nicht bekommen hatte, weil das erst ab 18 war.

Gut, dass wir keine Milch im Kühlschrank hatten, die wäre bestimmt auch sauer gewesen.

Gestern bin dann wieder bei Opa gewesen. Er öffnete mir fröhlich die Tür und wirkte ganz wie früher. Ich war so froh, dass alles wieder beim Alten war.

War es aber nicht. Irgendwie war er doch anders. Ich kann gar nicht genau sagen, wie.

So gedankenversunken, irgendwie mal ganz weit weg, dann wieder voll da. War echt schwierig für mich. Papa macht es sich da leicht. Der lässt nichts an sich herankommen.

Obwohl Opa so aussah wie immer, abgesehen von der lächerlichen Weihnachtsmütze, die er trug, hatte ich doch das Gefühl, er wäre mir fremd geworden.

Ist das, weil ich weiß, dass er Demenz hat? Liegt es an ihm oder an mir?
Wie geht das wohl weiter?

Neue Pläne
31.12.2022

Insa war sehr sauer, als ich ihr sagte, dass ich nachmittags noch zu Opa wollte. Sie wollte endlich mal wieder einen Tag ganz allein mit mir haben. Da half es auch nicht, dass ich versprach, dass es nur kurz sein würde und ich mir Sorgen machte, dass Opa vielleicht von der Böllerei erschreckt würde. Ich wollte ihn einfach darauf vorbereiten, dass Silvester ist. Mit den Tagen hat er es nicht mehr so genau.

Tatsächlich bin ich wirklich nur eine Stunde geblieben, ohne Kaffee und Kirschstreusel. Es fällt mir schwer, den Absprung zu finden, wenn er so erzählt und erzählt. Er war auch relativ gut drauf, wusste sogar, dass heute Silvester ist.

Als ich ging, versprach er mir, keinen Unsinn zu machen und den Abend vor dem Fernseher zu verbringen, bis er müde wurde.

Für das nächste Jahr hatte Opa ganz viele Vorsätze. Er wollte den Rasen mähen, das Dach reparieren, seinen Keller aufräumen und hundert andere Sachen. Ich habe nichts dazu gesagt, es mir nur angehört. Einige Vorhaben wiederholten sich schon, während er alles aufzählte.

Jetzt sitze ich hier und warte auf Insa. Es wird ein schöner Abend werden, endlich mal nur für uns. Sie bringt Raketen mit und Käse für das Raclette.

Freue mich darauf, das Jahr zusammen mit ihr zu beenden.

Kampf mit der Mikrowelle
02.01.2023

Alles war voller Rauch,
als ich heute zu Opa kam.
In der Küche roch es so arg,
dass ich fast gekotzt hätte.
Der Geruch von verbrannter Haut,
verbranntem Fleisch hing überall in der Luft. Opa
schien das gar nicht bemerkt zu haben, er saß im
Wohnzimmer in seinem Fernsehsessel und schlief.

Als ich ihn weckte, war er völlig erschrocken und
desorientiert. Es dauerte eine ganze Weile, bis er
mit mir in die Küche kam und das Desaster selbst
wahrnahm. Noch viel länger dauerte es, in
Erfahrung zu bringen, was passiert war.

Opa hätte sein Essen, tiefgefroren, in die
Mikrowelle gestellt, den Zeiger auf 30 Sekunden
gedreht und sei dann kurz ins Wohnzimmer
gegangen. Und dann sei ich ja auch schon
gekommen. Es wäre höchstens eine Minute
vergangen.

Habe versucht, ihm zu erklären, dass seine
Mikrowelle nur eine Minuteneinteilung hätte.
Dreißig bedeutet dann nun mal dreißig Minuten.

Und die Verpackung muss man entfernen, bevor man das Essen aufwärmt. Sinnlos!

Irgendwie war er heute bockig. Er war völlig uneinsichtig. Da kamen nur Sätze wie:

Das stand genauso auf der Verpackung.

Das mache ich immer so.

Das bisschen Rauch hat noch keinem geschadet. Früher, auf dem Schiff, ...

Ich kann es doch nicht gefroren lutschen, oder?

Letztendlich habe ich alles sauber gemacht, gelüftet, die verkohlte Mikrowelle mitgenommen und mir vorgenommen, mich um „Essen auf Rädern" zu kümmern. Leider hatte ich das auch laut gesagt ...

Ich bin doch nicht behindert!

Ich koche schon seit achtzig Jahren, da soll ich das doch wohl können.

Ist dir noch nie was angebrannt?

... waren dann die Antworten.

Ein undankbarer Tag geht zu Ende.

Rotwein!

Opa weint
04.01.2023

Das mich arg mitgenommen heute.

Opa hat geweint. So richtig
aus tiefem Herzen, oder wie
soll ich das sagen.
Erschütternd. Ich habe
ihn noch nie weinen
gesehen. Er war immer
der Macher, der Nette,
der Alte. Knochig,
harte Schale. Kruppstahl, wie er immer sagte.

Ich hatte heute eine neue Mikrowelle
mitgebracht. Eine ohne viel Schnickschnack, AN
und AUS, Temperatur und Zeit zum Einstellen.
Opa hatte sich sehr gefreut.

Bis ihm dann einfiel, dass er die alte Mikro ja
geschrottet hatte. Und dass das nur passiert
war, weil er vergessen hatte, dass er sie
überhaupt eingeschaltet hatte. Und dann hatte
er auch noch vergessen, dass das alles passiert
war. Bis zu dem Moment, wo ich ihm heute

freudestrahlend das neue Gerät entgegen-
streckte.

Unter Schluchzen erzählte er mir, an was er sich
zur Zeit gar nicht mehr erinnern konnte, Namen
von Orten und Menschen, was er gestern
gemachte hatte, und noch so viel mehr.

Ich saß da und wollte nur weg. Ich konnte damit
nicht umgehen. Wieso hilft ihm keiner, dachte ich.
Aber wer? Papa ja wohl nicht.

Und ich? Kann ich das? Will ich das? Muss ich das?
Das waren die schlimmsten zwanzig Minuten auf
Opas Küchenstuhl in meinem Leben.

Nicht mal beim Reiten konnte ich das
Gedankenkarussell hinter mir lassen. Jetzt sitze
ich immer noch hier und bin ratlos.

Rotwein oder Insa?

Insa! 😊

Die Klebezettel
06.01.2023

Da hatte ich gestern so eine schöne Idee gehabt,
Ich hatte die wichtigsten Sachen in Opas Haus
mit Klebezetteln versehen.

Schöne kleine gelbe
Zettelchen mit
einem Haftrand.

Mikrowelle! Nicht länger als 5 Minuten auf einmal.

Zahnbürste! Täglich morgens und abends.

IMMER!! ABSPÜLEN nach Benutzung.

HEIZUNG NIE ÜBER 3 EINSTELLEN

Butter hier rein

Schalter immer AUS lassen

Hierhin Brot und Brötchen

Geht nicht? Ist der Stecker drin?

Hier nur Laut/Leise und Programme

Hier NUR Fernseher EIN/AUS

VORSICHT, STUFE!

Lächeln!

BIOMÜLL, kein Plastik!

Plastikmüll! KEINE Essensreste!

... und vieles mehr

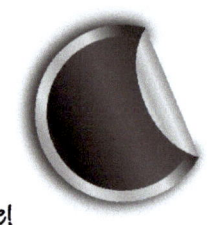

Wenn ich das jetzt so lese, merke ich selbst, dass das eine doofe Idee war. Aber irgendwie wollte ich Opa helfen, dass er sich in seinem Haus besser zurechtfindet und nicht zu großen Unfug anstellt.

Das Resultat: Als ich heute nach dem Reiten bei ihm vorbeifuhr, lagen die Zettel alle auf dem Küchentisch. Alphabetisch sortiert. Und Opa war glücklich, weil er das so toll hinbekommen hatte.

Was sollte ich machen?

Was soll ich machen?

Ach, Hinweis fürs Tagebuch: Nonnenstudie! In Amerika soll man festgestellt haben, dass Demenz gar keine Verkalkung ist, sondern nur fehlende geistige Forderung. Das muss ich mal googeln.

Jetzt Bett! Bin echt fertig. Hatte kaum Zeit für Insa.

Rasenmähen mit dem Fahrrad im Schnee
07.01.2023

Langsam nervt es.

Langsam nervt er. Opa!

Ich bin doch nicht sein Kindermädchen!

Als ich eben da war, es war schon dunkel, stand er draußen an der Garage und hielt sein Fahrrad. Stand einfach da. In Pantoffeln und Haushose, ohne Jacke.

Und warum?

Er wollte den Rasen mähen!

Im Dunkeln! Im Winter! Mit dem Fahrrad!

Habe ihn mit Mühe ins Haus bekommen, einen heißen Tee gemacht, mit extra viel Rum, damit er müde wird und einschläft, sobald ich weg bin.

Einen Tag gerettet.

Alles umgeräumt
08.01.2023

Er scheint die ganze Nacht wachgewesen zu sein.

Heute Nachmittag standen zwei Ohrensessel in der engen Küche: Damit es dort gemütlicher wird.

Der Küchenstuhl stand direkt vor dem Fernseher: Falls er mal ohne Brille fernsehen will.

Die Mikrowelle war weg. Wir fanden sie auf der Waschmaschine. Warum, wusste Opa auch nicht.

Auf dem Küchentisch lagen gefühlt hundert Schlüssel: Opa hatte den Zweitschlüssel für das Auto gesucht. Es hat zwanzig Minuten gedauert, ihm zu erklären, dass er mir das Auto geschenkt hat.

Die Brieftasche lag im Kühlschrank. Nun, das war nicht neu.

Das Badezimmer war voll mit Plastiktüten, die Opa ausgewaschen hatte. Damit man sie noch einmal verwenden konnte. Alles war kladdernass, auch der Fußboden.

Die Fußmatte war der Hit. Wir haben sie eine kleine Ewigkeit gesucht. Opa wusste nur, dass er sie ausklopfen wollte und mit dem Hammer in der Hand herausgegangen war. Wir fanden sie dann eher zufällig UNTER dem Rasenmäher. Der Hammer ist immer noch verschwunden.

Insgesamt war er sehr uneinsichtig. Ständig behauptete er, das wäre alles immer schon so gewesen.

Ich habe gelesen, dass das zur Demenz dazugehört: Nächtliches Herumgeistern, Sachen verlegen und Suchen.

Ich weiß nicht, wie lange ich das noch machen kann. Oder will. Was machen denn die alten Leute, die gar keinen haben, der sich um sie kümmert? Verhungern die einfach?

Nächtliche Anrufe
11.01.2023

Heute Nacht wieder! Um 2 Uhr! Mann, Opa!

Ich kann ja verstehen, wenn man nicht schlafen kann. Aber dann kann man auch einfach mal ein Buch lesen oder so. Und auf die Uhr schauen, BEVOR man jemanden anruft.

Ich habe nicht mitgezählt, aber zehn Mal war das jetzt bestimmt schon. Immer wegen nix. Dann darf er sich auch nicht wundern, wenn ich irgendwann mal nicht mehr drangehe.

Mann! Ich denke ja immer, es ist wichtig. Wenn Papa das wüsste, der würde ganz schön rumzetern. Der will eh nicht, dass ich da „immer" hinfahre. Ich bin erwachsen genug. Ich mache, was ich will!

Bis ich zu erwachsen bin. Also alt. Dann nehme ich mehr Rücksicht.

Heute war ich nicht bei Opa. Einmal hatte ich zu viel zu tun. Und ein bisschen auch als Strafe. Ich habe es ihm oft genug gesagt, dass er nur anrufen soll, wenn es wichtig ist.

Wie das Wetter morgen wird, das muss man nachts nicht wissen.

Die Sache mit der Welle
14.01.2023

Opa war gut drauf.

Er konnte sich auch gar nicht daran erinnern, dass er vorgestern mitten in der Nacht angerufen hatte. Auch nicht, dass ich gestern mal nicht da war.

Ich weiß gar nicht, was macht er denn den ganzen Tag?

Wenn ich ihn frage, erzählt er immer von Sachen, die er noch tun will. Aber außer Zeitung lesen fällt ihm nichts ein, was er über den Tag gemacht hat. Und was er gelesen hat, das kann er auch nicht immer mehr genau sagen.

Ach ja, und Aufräumen. Und irgendetwas suchen. Das sind wohl seine Tagesbeschäftigungen.

Wenn ich mal alt bin, ich werde mein Leben anders gestalten. Aktiv sein. Reisen. Mit anderen Leuten zusammen sein.

Opa tut mir leid.

Und dann war da wieder die Geschichte mit der Welle. Zum hundertsten Mal? Dieses Mal in einer komplett neuen Version. Opa war der, der von Bord gespült wurde, weil der Kapitän trotz Sturm und Opas Warnung auf das Meer hinausgefahren ist. Und wäre Olaf nicht gewesen, der treue Olaf, dann wäre Opa jetzt tot. Ertrunken und erfroren. In beliebiger Reihenfolge. Olaf hatte dafür gesorgt, dass der Kutter wendete, als er nur noch als kleiner Punkt am Horizont zu sehen war. Der Kutter. Olaf hat meinem Opa das Leben gerettet. Deswegen sind sie immer noch Freunde. So eine Art Blutsbrüder. Nur ohne Blut. Aber mit viel kaltem Wasser.

Wie kann das sein, dass so ein Erlebnis, egal, wie es wirklich war, im Kopf so durcheinander gebracht wird. Ist bei alten Menschen der Datenspeicher kaputt? Oder nur bei Opa?

Die Fakten sind ja irgendwie noch da, nur der Zusammenhang entsteht immer wieder neu.

Wie bei der Befruchtung einer Eizelle. Es gibt nur die vier Basen, Adenin, Guanin, Cytosin und Thymin, aber die Kombinationsmöglichkeiten sind unendlich.

Opa schafft sich also seine eigene Welt. Jeden Tag neu...

Dreifache Tagesdosis Blutverdünner

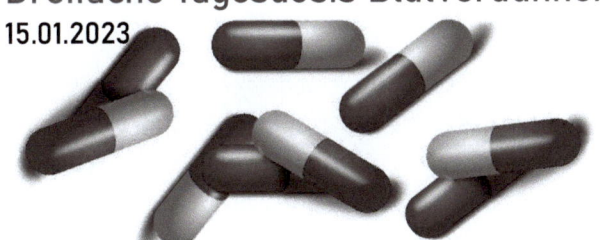

Das geht so nicht mehr weiter. Ich habe heute mit der Nachbarin, ich darf jetzt Inge zu ihr sagen, gesprochen. Und mit einem Pflegedienst telefoniert.

Inge und ich, wir kümmern uns darum, dass Opa in eine Pflegestufe kommt. Dann bekommt er neben der Rente noch Pflegegeld und davon kann er sich dann auch eine Pflegkraft leisten. Das wird ja nicht besser werden. Sagt Inge. Sie hat es bei Ihrer Mutter miterlebt. Aber die musste hinterher in ein Heim.

Heißt heute übrigens auch noch Heim. Nur etwas ausgeschmückt „Alten-Pflege-Heim".

Ob das Wort daher kommt, dass alle immer „heim" wollen?

Die waren auch ganz nett am Telefon. Nächste Woche kommt jemand, der sich Opa und seine Umgebung anschaut. Dann müssen wir ganz viele

Fragen beantworten, einen Bericht vom Arzt haben, und dann kommt die Maschine ins Rollen.

Ich habe das auch mal gegoogelt, mit der „Nonnenstudie". Da haben die in Amerika über Jahrzehnte in einem Kloster die Nonnen medizinisch begleitet, Demenztests gemacht und hinterher obduziert. Dabei kam raus, dass auch die Nonnen mit einem „Demenzhirn" gar nicht dement waren. Weil sie immer gefordert wurden von ihrer Umgebung. Wir aber schieben die Alten ab und deswegen verkümmert das Gehirn.

Finde ich sehr interessant, Insa aber überhaupt nicht. Sie will auch nicht mehr mitkommen zu Opa, weil da „eh nichts los ist".

Stimmt ja auch. Aber ich geh da ja nicht hin zum Partymachen.

Opa hatte heute drei Tablettenrationen auf einmal genommen. Auch den Blutverdünner. Das kann gefährlich werden. Er hatte vergessen, welcher Tag war. Ich überlege mit Inge, ob wir seine Tabletten wegschließen und ihm dann täglich geben.

Anneliese ist nicht mehr da
18.01.2023

Opa war heute nur traurig. Mehrmals ist er aufgestanden, aus dem Wohnzimmer in die Küche gegangen und kam wieder zurück mit den Worten: **Anneliese ist nicht da.**

Fünf oder sechs Mal habe ich ihm erklärt, dass sie doch 2016 gestorben ist. Er hat dann immer nur geseufzt und **„Ach ja"** gesagt, dann hat er die Fernbedienung genommen und ferngesehen. So, als wenn ich auch gar nicht da wäre.

Ich frage mich, was er den ganzen Tag so macht, so alleine.

Eingesperrt
19.01.2023

Heute war es mal wieder spannend. Ich war mit Kirschstreuselkuchen auf dem Weg zum Haus, da hörte ich schon Gepolter und Geschimpfe. Es kam von innen.

Durch das Fenster neben der Tür sah ich Opa in einem Haufen von Schlüsseln wühlen, die er auf die Kommode geschüttet hatte. Ich war neugierig. Er nahm einen Schlüssel raus, ging zur Tür, kratzte damit im Schlüsselloch herum und ging dann wieder schimpfend zurück zur Kommode. Dann kam er mit dem nächsten Schlüssel wieder.

Ich schaute mir das vier Schlüssel lang an, dann wurde es langweilig und ich klingelte. Opa ließ sich davon entweder nicht beirren oder hörte es nicht.

Bei Schlüssel Nummer 6 schloss ich mir einfach selbst auf. Völlig entsetzt starrte Opa mich an. Wie ich denn ins Haus gekommen sei? Durch die Tür. Aber die wäre doch abgeschlossen. Nein, war sie nicht.

Opa musste lange grübeln, um zu begreifen,

dass ich von außen durch die
Tür mit meinem Schlüssel
hereingekommen war.
Und dass die Tür auch
nicht verschlossen war.
Sie war nur ins Schloss
gefallen.

Opa war der Meinung,
jemand hätte ihn
eingeschlossen und er
versuchte schon den ganzen Morgen, die Tür zu
öffnen. Sein Schlüssel sei verschwunden,
wahrscheinlich gestohlen. Gut, dass ich ihn
gerettet habe.

Mein Blick für auf den kleinen Haufen mit
Schlüsseln. Es waren vielleicht zwanzig. Mit
vielem Fragen bekam ich heraus, dass er den
Schlüssel, wenn er nicht passte, wieder zurück
auf den Haufen gelegt hatte. Dann nahm er den
nächsten. Inzwischen hatte er aber vergessen,
welchen Schlüssel er schon probiert hatte.

So war Opa wohl wirklich den ganzen Tag über
beschäftigt gewesen. Er hatte auch nicht
Mittag gegessen vor lauter Panik, eingeschlossen
zu sein.

Als ich ihn dann fragte, wo sein Türschlüssel sonst immer zu finden sei, griff er in die Hosentasche.

Da war er!

Ich bin traurig, wenn ich mitansehen muss, was da alles abgeht. Irgendwie ist das mein Opa, aber manchmal irgendwie auch nicht.

Nicht mehr...

Ich habe Angst, dass ich irgendwann auf Abstand zu ihm gehen werde. Es ist echt schwierig zur Zeit mit ihm. Und Zeit für mich bleibt kaum noch.

Ein Beet aus Schrauben
20.01.2023

Er schafft es immer wieder, mich noch zu überraschen. Heute einmal mit einem Beet aus Schrauben. Wörtlich gemeint.

Das Wetter war heute sonnig, es lag ein bisschen Schnee, also wollte ich Opa früh besuchen, Reiten und dann Zeit für Insa haben. Extra ohne Kuchen, damit es nicht so lange dauert.

Opa saß draußen auf der Terrasse, im Hemd, mit Hausschuhen. Auf dem Tisch diverse Tupperdosen, teils leer, teils mit Schrauben und Muttern gefüllt. Opa redete mit sich selbst. Alle paar Sekunden sagte er **hupps,** warf eine Schraube weg und griff nach der nächsten. Ich schaute ihm eine Weile zu, dann sagte ich laut HALLO!

Opa schrak zusammen, er hatte mich wirklich nicht bemerkt, obwohl ich neben ihm stand.

Ungefragt erzählte er mir sofort, dass der Toaster im Bad kaputt sei und er eine Schraube suche. Er wisse genau, wie sie aussehe, könne sich aber nicht erinnern, in welche Dose er sie getan hatte.

Und damit ihm das nicht noch einmal passiere, wie mit den Schlüsseln, dass er immer wieder dieselben hervorhole, lege er die Schrauben, die er schon geprüft hatte nicht zurück zu den anderen.

Er blickte mich voller Stolz an. Und wohin tat er sie? Schwupp, ins Beet. Beziehungsweise in den Schnee, die Schrauben versanken sofort und wurden unsichtbar.

Ich weiß nicht, wie viele Schrauben er dort schon versenkt hatte, und ich hatte da auch keine Lust, sie aufzusammeln. Schließlich wollte ich diesmal wirklich nur kurz vorbeischauen.

Mann, ist das schwer, sich zu entscheiden zwischen „sich um Opa kümmern" und „meine Interessen wahrnehmen". Ich habe mich also hingesetzt, wir haben zusammen überlegt, wie wir die Schrauben vor dem Frühjahr wiederfinden können. Opas Ideen gingen von heißem Wasser über Magneten und Staubsaugereinsatz. Wir entschieden uns dann dafür, die Stelle mit einem

Besen abzufegen und den Rest wirklich im Frühjahr sauber zu machen.

Das war mühsam genug, das Reiten fiel flach.

Erst jetzt fällt mir auf, dass wir danach gar nicht mehr weiter nach dieser bestimmten Schraube gesucht haben.

Und, dass
Opa gar keinen
Toaster im
Badezimmer hat.

Mann! Der bringt
mich zur Verzweiflung.
Sogar jetzt noch, wo ich hier alleine bin.

Danke Insa für dein Verständnis, dass ich zu spät war. Immerhin hast du über die Geschichte herzhaft gelacht.

Muss man das auftauen?
21.01.2023

Das wird immer komplizierter. Dass man keine Eier in der Mikrowelle kochen darf, weiß nicht unbedingt jeder. Das kann ich ja noch verstehen.

Aber dass man Tiefkühlkost in der Mikrowelle oder im Ofen erhitzen muss, das weiß doch wohl jeder!

Nein!

Opa nicht. Der hat tatsächlich Spagetti Bolognese als Spagettieis, oder so, direkt aus der Packung gegessen. Einfach so. Als ich ihn ziemlich aufgebracht darauf ansprach, fragte er völlig unschuldig: **Muss man das auftauen?**

Ich habe noch lange mit Inge gesprochen danach, wir müssen etwas tun. Papa meint, Opa sei alt genug. Wenn es ihm schmeckt, dann ist doch alles gut.

Vielleicht sollte ich zu Opa ziehen. Der versteht mich.

Nein! Tut er nicht.

Scheiße!

Wovon soll ich satt sein?
22.01.2023

wieder geht es um das Essen. Ich war heute Mittag bei Opa. Habe ihm Bratkartoffeln gemacht, Gemüse und Bratwurst. Das mag er sehr gerne.

Ich habe mich dazugesetzt und etwas mitgegessen. Von den Bratkartoffeln. Ich muss noch mal nachdenken, ob ich nicht Vegetarierin werden will.

Als wir fertig waren, es war dann Opas Schlafenszeit, räumte ich alles in die Spülmaschine. Dort ist nur sauberes Geschirr!

Jeder Teller, jedes Messer wird vorher abgewaschen, bevor es in die Maschine darf. Warum? Ich weiß es nicht. Als ich alles eingeräumt hatte, schaute Opa mich mit großen Augen an.

Eva, mein Kind, was gibt es denn heute zu Essen?

Ich war völlig platt. Er hatte eben eine nicht unbeachtliche Portion Bratkartoffeln in sich hineingeschoben. Und er wusste das nicht mehr.

Merken alte Menschen denn gar nicht mehr, ob sie hungrig sind? Oder durstig?

Sterben so viele deshalb an Flüssigkeitsmangel?

Worum tut keiner etwas dagegen?

Ich war danach wieder bei Inge, wir bereden uns nächste Woche mal, wie es weitergehen soll mit Opa.

Und, Inge erzählte mir eine Geschichte der Brüder Grimm. Von einem Schuster, der in die Welt hinauszog und drei Proben bestehen musste. Die eine war, täglich mit einer Ziege spazieren zu gehen, damit sie genug fresse.

Und abends, wenn er völlig erschöpft nach Hause kam, sagte diese undankbare Ziege immer: Wovon soll ich satt sein? Ich sprang nur über Gräben und fraß kein einziges Blättlein. Mäh! Mäh!

Der Schusterjunge wurde dann bestraft, weil keiner ihm glaubte, dass er doch alles richtig gemacht hatte.

Die Geschichte endete letztendlich gut. Der Junge wurde
rehabilitiert,
die falsche Schlange,
also Ziege, fortgejagt.

Und Inge meinte, vielleicht wollten die Brüder Grimm damals schon auf Demenz aufmerksam machen. Vielleicht sei die Ziege gar nicht böse gewesen, sondern vergesslich.

Will ich nicht drüber nachdenken. Ich kenne die Ziege nicht.

Opa reicht mir.

Heim oder nicht Heim?
23.01.2023

Habe mich heute mit Inge getroffen und lange über Opas Zukunft geredet. Sie meint, er muss ins Heim. Irgendwann gefährdet er sich selbst.

Irgendwie hat sie Recht. Irgendwie auch nicht. Bislang war ja nicht Schlimmes. Die Schrauben um Rasen, das Spagettieis, die Medikamente, das nächtliche Umräumen. Das geht ja noch irgendwie alles. Und passieren kann immer was.

Ich bin jung, aber auch ich kann vom Pferd fallen. Oder ... Na ja, ich denke mal drüber nach.

Opa ist nicht entmündigt, sagt Inge. Er muss also ins Heim wollen oder wir müssen ihn entmündigen lassen.

Abschieben?!

Ist es das, was wir mit alten Menschen machen, wenn sie unbequem werden?

Ich will da heute nicht weiter drüber nachdenken.

Rotwein und Insa!

Gespräche mit Niemandem
24.01.2023

Heute traf ich Opa in der Küche an. Von weitem
schon hörte ich ihn erzählen, lachen, schimpfen.

Erst hatte ich gedacht, Inge
wäre da. Aber war sie nicht.
Er redete mit sich allein
und irgendwelchen imaginären
Kollegen von früher.
Das tut weh, so was zu erleben.

Inge passte mich
hinterher ab und
fragte, ob ich schon
über das Heim
nachgedacht hätte.

Nein!

Will ich nicht. Jetzt nicht!

Opa weggeben?

Der PC ist weg
25.01.2023

Opa hatte den Tisch gedeckt, als ich kam. Ob er mich mit etwas überraschen wollte oder die Teller schon seit Nachmittag dort standen, konnte ich leider nicht herausbekommen. Er redete etwas wirr.

Lag vielleicht am Wein.

Die Nachricht des Tages:
Sein Laptop war
gestohlen worden.
Und er hatte auch schon
einen Verdacht. Dieser Mann,
der ihm damals bei ALDI schon so verdächtig vorgekommen war.

Und er könnte den Laptop nicht einfach verlegt haben? **Natürlich nicht**! Wir suchten trotzdem. Er war auf seinem Schreibtisch, wo er immer war. Zugedeckt mit der Tischdecke, die sonst auf dem Wohnzimmertisch lag, den er für mich gedeckt hatte.

Etwas schrullig, bisschen lustig, aber ein Fall fürs Altenheim?

Lass ihn doch einfach reden
26.01.2023

Ich bin immer völlig erschöpft, wenn ich von Opa wiederkomme. Insa wartet dann immer schon mit einem Tee auf mich. Zur Beruhigung.

Wenn ich direkt nach Hause fahre, wird aus dem Tee ein Glas Rotwein. Ich kann aus Wasser Wein machen, wie lustig.

Inge sagte mir heute, dass es für sie kein Problem ist, mit Opa zu reden. Sie höre einfach gar nicht zu und nicke nur an den passenden Stellen. Das sei weniger anstrengend. Ich solle das doch einfach auch so machen.

Das kann ich nicht!

Das ist mein Opa! Kein Radio, das man einfach leise dreht oder abschaltet. Ich will eine Verbindung zu ihm haben, die uns beiden guttut. Und wenn ich das nicht wollte, würde ich gar nicht hingehen.

Schein-heilig.

Inge ist heute in meiner Achtung gesunken.

Maus im Haus
27.01.2023

Heute Abend war ich nach dem Reiten kurz bei Opa, wollte sehen, ob er Abendbrot gegessen hatte.

Hatte er vergessen. Na klar!

Also ging ich an die Brotlade und holte das Brot. Es dauerte einen Moment, bis ich die schwarzen Krümel in der Schublade realisierte. Kein Kümmel! Mäusekot. Kenne ich zur Genüge aus dem Stall. Hat hier aber nichts zu suchen.

Sollte ich das Opa sagen? Wäre es ihm peinlich? Egal, er musste das wissen. Die Sauberkeit im Haus hatte in letzter Zeit sowieso nachgelassen, das ist mir schon aufgefallen. Krümel überall auf dem Boden, ein paar Flecken von Marmelade oder so auf der Küchenplatte. Das passt so gar nicht zu seiner Reinlichkeit mit dem Geschirr. Das wäscht er nach jedem Benutzen immer ab.

Ich fing das Thema mit dem Offensichtlichen zuerst an, der Maus. Offenbar war es ihm egal. Er finde Mäuse süß und irgendwas müssten die ja essen. Und Brot genug wäre ja da.

Eine Stunde Überzeugungsarbeit, dann durfte ich Mausefallen kaufen und Opa versprach, die Schublade auszusaugen und zu wischen und danach mit Alkohol zu desinfizieren.

Ich wusste genau, dass er das wieder vergessen haben würde, wenn ich zur Tür raus war, aber was sollte ich tun?

Schieße, ich fühle mich da manchmal echt hilflos.

Die Zeit vergeht anders
28.01.2023

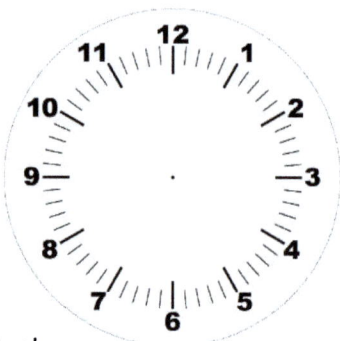

Wolltest du nicht nach Hause?

Das war die Frage, mit der Opa mich heute Abend begrüßte. Als wäre heute noch gestern und ich eben erst zur Tür herausgegangen. Völlig baff war er, als ich die Mausefallen aufstellen wollte. Er dachte wirklich, ich hätte die gerade eben online bestellt und die wären sofort geliefert worden.

Er hätte ja schon viel davon gehört, wie schnell das heutzutage geht, aber so schnell? Mit Drohnen?

Ich konnte es Opa nicht beibringen, dass zwischen dem Entdecken des Mäusekots und meinem Besuch ein ganzer Tag vergangen war.

Ich halte das nicht mehr aus.

Wer ist Eva?
29.01.2023

Heute hat er mich nicht erkannt. Ach, Tagebuch, mit wem soll ich das alles teilen? Papa will davon nichts hören, Mama sowieso nicht, und Insa hört wohl eher aus Anstand zu, nicht, weil es ihr wichtig ist.

Na ja, er hat mich dann ja auch wiedererkannt, aber die Begrüßung war schon heftig. Ich hatte geklingelt, Opa öffnete die Tür und fragte: In welcher Angelegenheit kommen sie?

Ich hatte das erst für einen Scherz gehalten und gelacht, aber dann merkte ich, dass es ihm ernst war. Kann man sagen, dass es ihm ERNST war? Wie viel Ernst steckt denn noch in einem demenzkranken Menschen? Wie viel Kontrolle hat er noch über sich? Wie viel darf man ihm abnehmen, ohne seine Würde zu verletzen?

Wie viel Würde gestehen wir alten, und besonders dementen Meschen noch zu?

Ist es würdevoll, sie ins Altenheim abzuschieben?

Verlieren nicht WIR dann unsere Würde?

Körperhygiene
01.02.2023

Opa stinkt! Das ist mir in der letzten Zeit schon häufiger aufgefallen. Ich habe ihn natürlich gefragt, ob er regelmäßig duscht und wie das so geht, mit seinen alten Knochen. Und er hat immer gesagt, das wäre kein Problem.

Dann habe ich es kontrolliert. Fotos vom Bad gemacht. Wo die Seife liegt, das Shampoo, das Handtuch.

Alles ist unbewegt, nur die Sprühdose mit dem Deo wandert auf den Fotos. Opa wäscht sich nicht!

Nicht einmal die Finger, wenn er auf dem Klo war. Ich habe das kontrolliert.

Irgendwie finde ich ihn gerade ekelig.

Was soll ich machen?

Rotwein!

In Hausschuhen im Wald
03.02.2023

Heute habe ich Opa lange suchen müssen. Er war nicht zuhause. Inge wusste auch nicht, wo er war. Wir haben ihn dann gemeinsam gesucht, zusammen mit dem Apotheker und seinem Hund, der zufällig vorbeikam.

Opa saß im Wald, auf einem Baumstumpf. In Hemd und Hose, mit Hausschuhen. Wie lange er schon dort gesessen hatte, war nicht herauszubekommen.

Langsam gingen wir mit ihm zurück zum Haus. Inge warf mir immer wieder merkwürdige Blicke zu. Ich vermute, sie wollte wissen, ob ich jetzt zum Thema Heim eine Entscheidung getroffen hatte.

Habe ich natürlich nicht. Wie kann ich so was auch entscheiden?

Opa war völlig durchgekühlt. Wir fütterten ihn mit Hühnersuppe und Grog, ich brachte ihn dann ins Bett. Er versprach, nicht aufzustehen, bevor ich morgen wiederkäme. Und ich wusste genau, dass er das gleich schon wieder vergessen haben würde.

Inge versprach, später noch einmal nach ihm zu sehen. Sie hat eben angerufen. Er schläft. Mehr sagte sie nicht. War sehr kurz ab. Ob sie sauer auf mich ist?

Bin ich schuld, wenn Opa im Wald herumirrt?

Ich bin immer fertig angezogen
04.02.2023

Opa war gut drauf, wirkte aber etwas abgeschlagen, blass, kränklich. Auf die Frage, ob er wirklich im Bett geblieben wäre, antwortete er mit einem treuen: **Aber ja!**

Wieso er denn komplett angezogen sei**? Ich bin immer fertig angezogen?**

Auch nachts? **Ja, für den Notfall.**

Ich gab es auf. Wir redeten noch einmal über den Waldspaziergang, aber es war nichts Eindeutiges aus ihm herauszubekommen. Es kann sein, dass er kurz vor unserem Eintreffen hinausgegangen war. Oder er war schon länger dort. Über Nacht?

Opa hat keine klare Erinnerung mehr daran und es scheint ihm auch egal zu sein.

Das geht so nicht weiter. Morgen rede ich mit Papa. Der ist schließlich sein Sohn, der muss etwas tun!

Wieder im Krankenhaus
07.02.2023

Was für ein Tag! Ich wollte gerade mit Insa ins Kino, da rief Inge an. Opa war wohl gestürzt und sie hatte ihn vor der Haustür gefunden. Im Moment sei er im RTW auf dem Weg ins Krankenhaus.

Wir sind dann sofort los. Insa ist ohne zu zögern mitgekommen, obwohl wir die Karten schon gekauft hatten und sie sich so auf das Popcorn gefreut hatte.

Als wir im Krankenhaus ankamen, war Opa schon in der Erstaufnahme, wir durften nicht zu ihm.

Spagat
12.02.2023

Hatte lange keine Zeit, und auch keine Lust, das Tagebuch überhaupt aufzuklappen. Schon gar nicht, etwas reinzuschreiben. Jetzt auch nicht.

Opa ist immer noch im Krankenhaus. Mal sieht es aus, als wenn es ihm besser geht, dann wieder nicht.

Lungenentzündung. Bein gebrochen. Aber sobald er wach ist, will er aufstehen und nach Hause laufen. Die aber wollen ihn in ein Heim stecken.

Ich war bis jetzt jeden Tag da und mache einen Spagat zwischen Insa und Opa, zwischen Schule und Reiten, Papa und meinem Leben.

Langsam reibt es mich auf.

Er oder ich!?
14.02.2023

Valentinstag! Eigentlich ja der Tag der Liebenden. Und was macht meine Geliebte? Sie stellt mir ein Ultimatum: Er oder ich?

So was macht man doch nicht! Schon gar nicht an so einem Tag. Sie hätte ja auch nicht die ganze Zeit mit mir im Krankenhaus warten müssen. Ist ja nicht ihr Opa. Trotzdem!

Ich bin erschüttert. Meine Welt wackelt.

Opa ist tot
20.02.2023

Rosenmontag!

Gut, dass der hier in Hamburg nicht gefeiert wird. Es gäbe heute auch keinen Grund.

Opa ist tot.

Artikel 1, Grundgesetz:

Die Würde des Menschen ist unantastbar. Sie zu achten und zu schützen ist Verpflichtung aller staatlichen Gewalt.

Gilt das nicht für Alte, Demente, etc.?

Nachwort

Das war immer so ein Spruch bei uns zuhause, gerade von Papa: **Habe Respekt vor dem Alter!** Hauptsächlich meinte er wohl sich.

Respekt vor dem Alter heißt nicht: „Die sind so alt und erfahren, die haben immer Recht". Es heißt, wir sollen sie so akzeptieren, wie sie sind. Und respektieren.

Ich weiß, dass es mir manchmal ganz schön schwergefallen ist. Daran werde ich arbeiten.

Irgendwann bin ich auch einmal alt.

Und dann erwarte **ich** Respekt.

*

Die Krankenschwester, die bei Opa war, als er starb,
sagte mir, seine letzten Worte waren:

Ik gei na Huus.